KB021374

남편이 해주는 밥이
제일 맛있다

남편이 해주는 밥이
제일 맛있다

박승준 지음

오르골

컴퓨터와 키보드,
아래한글과 엑셀에 새 친구가 더해졌다.
칼, 도마, 가스레인지, 행주….
반갑다 친구들아.

일러두기

◦ 맞춤법과 외래어 표기는 현행 '한글 맞춤법 규정'과 《표준국어대사전》(국립
국어연구원)을 따랐다. 단 글의 흐름상 필요한 경우, 관용적 표기나 일부 구
어체와 고유명사는 그대로 살렸다(먹튀, 알바, 머그컵, 라떼 아저씨, 르 꼬르
동 블루 등).

◦ 책·정기 간행물은 《 》로, 글·영화·노래·방송 제목은 〈 〉로 표기했다.

◦ 자주 등장하는 단위 표시는 기호로 표기했다. g(그램), cm(센티미터), ml(밀
리리터) 등.

◦ 본문의 각주는 저자가 쓴 내용이다.

그 남자가 주방으로 간 까닭은

。

2017년 여름 우리 집 부엌, 즉 주방에서는 일생일대의 선수 교체가 있었다. 이제까지 주방일을 담당하던 아내의 역할을 내가 맡기로 한 것이다.

나는 앞치마 유니폼을 입고, 서너 평 남짓한 주방 그라운드에 들어섰다. 군 제대 후 30여 년 만에 처음 입어보는 유니폼이 앞치마일 줄이야! 주방 그라운드는 벤치에서 볼 때와는 무언가 달랐다. 이제까지 내 친구였던 컴퓨터와 키보드, 아래한글과 엑셀 프로그램에 새로운 친구가 더해졌다. 칼, 도마, 가스레인지, 전자레인지, 오븐, 블렌더, 행주, 수세미. 반갑다 친구들아.

주방일, 특히 음식 만들기라는 단어에는 그 행위에 수반되는 일련의 부수적인 노동도 모두 포함된다. 재료를 사기 위한 장보기, 음식 재료를 다듬고 요리를 하는 행위, 그리고 음식을 먹고 난 후의 설거지까지 모두 담당한다는 뜻이다. 내가 주방일을 하게 된 이유를 설명해 보겠다.

둘이 맞벌이를 할 때는 내가 가사 노동 가운데 작은 부분만을 의무로 담당했다. 대표적인 것이 아침 식사 준비였다. 빨래를 한 기억은 없고, 청소를 한 기억은 조금 있다. 전체 가사 노동의 20~30퍼센트쯤이 나의 몫이었다. 나는 이것이 불공평하다고 생각했다. 맞벌이를 하면 집안일도 공평하게 나눠야 하는 것 아닌가 하는 이상적인 생각 때문에도 그랬고, 결혼 초에 했던 약속 때문에도 그랬다.

나는 결혼 초 아내에게 "만약 맞벌이를 하게 되면 가사 노동을 50 대 50으로 한다"라고 약속했다. 하지만 이 약속을 곧이곧대로 지키기는 쉽지 않았다. 운동장 자체가 기울어져 있기 때문인지도 모르겠다. 가정 경제를 위해 부부가 함께 바깥에서 똑같이 일을 하는 경우에도 가사 노동은 여성이 전담하다시피 하는 게 당연하다고 생각하는 사고의 틀 아래에서는 공평함이 설 자리는 찾기 어렵다. 내가 그 틀로부터 벗어나고자 노력해도 쉬운 일이 아니었다.

이와 함께 몇 가지 부수적인 이유도 있다. 이것은 나의 입장보다는 아내의 입장에 더 가까운 설명이 될 듯하다.

아내는 주방일을 해야 한다는 의무감이 그렇게 크지 않았다. '내가 그 일을 안 하면 집안이 안 돌아갈 텐데 어떻게 하지?'와 같은 생각을 하지 않은 것 같다. 사람들은 흔히 일을 맡긴 후에 상대방을 믿지 못하고는 끊임없이 배 놔라 감 놔라 한다. 그에 비하면 나의 아내는 대범한 인물이다. 내가 하는 주방일을 놓고 잔소리를 하지 않았다. 아내의 신뢰에 조금 놀라기도 했다.

또 하나의 이유는 내가 만든 음식이 먹을 수 있는 수준이 되었다는 점이다. 불공평이 어쩌고 주방일에 대한 관심이 저쩌고 해도 정작 먹자고 만든 음식이 먹을 만하지 못하다면 그 상태는 오래가지 못할 것이다. 하지만 다행인지 불행인지 내 경우는 그렇지 않았다. 동그라미 다섯 개를 받을 수준까지는 못 돼도 평균 서너 개 받을 수준은 되었다. 간혹 동그라미 다섯 개가 될 만한 때도 있었다(이건 전적으로 나의 생각이다).

주방일을 하면서 떠오르는 아이디어와 고민을 틈틈이 메모하고 글로 옮겼다. 그렇게 탄생한 이 책에서는 아직 서툰 상태의 한 남성이 주방일을 전담하며 먹고살기 위해 분투하는 이야기가 펼쳐진다. '분투한다'라는 상투적인 표현을 쓰고 보니, 음식 만들기가 몹시 힘든 일처럼 비쳐질 수도 있겠다. 정정해야겠다. 이 책은 '한 남성이 음식 만들기를 전담하며 먹고살기 위해 애쓰는 이야기'다.

이야기는 크게 세 갈래, 즉 음식과 생활, 음식 만들기, 음식과 추억으로 나뉜다. 조금 더 자세히 설명하면,

첫째, 주방에 입문하면서 겪게 되는 여러 가지 상황을 살펴보았다. 특히 은퇴한 남성이 주방일을 꼭 해야 하는 이유와 기본으로 알아두면 도움이 될 정보를 담았다.

둘째, 매 끼니 직접 음식을 만드는 행위와 그때 느낀 감상이다. 무슨 식재료를 사용해서 어떤 음식을 만들고 이때 유의할 점은 무엇인지, 아울러 나의 시행착오도 곁들였다.

셋째, 지난날 나를 먹여 살려준 분들에 관한 기억이다. 나의 할머니와 어머니, 나의 아내와 장모님…. 그분들의 사랑이 담긴 음식을 추억하고 특별했던 외식의 맛도 기록했다.

나는 베이비붐 세대 한복판에 속해 있다. 나와 비슷한 상황의 사람들이 아주 많다는 뜻이다. 그들은 대부분 '은퇴'라는 처음 접하는 시간과 '부엌'이라는 낯선 공간의 이중고(二重苦)를 겪을 가능성이 크다. 이 책이 그런 이들에게 일종의 내비게이션 역할을 할 수 있기를, 그리하여 가정의 평화에 작게나마 도움이 되었으면 하는 것이 나의 희망이다. 부엌일도 해보면 재미있다. 하하하.

한 손으로 달걀 깨기를 연습하고 있는
박승준 쓰다

3장 만두는 추억을 싣고

1장

주방은 나의 것

주방일은 선택이 아니라 필수

。

나는 2017년 6월 23일부로 일을 접었다. 1990년부터 그때까지 약 25년간은 직장 생활을 했고, 마지막 3년은 자영업을 했다.

이후 나는 아무 일도 하지 않는 생활을 시작했다. 여기서 일이라 함은 돈을 벌기 위해 육체와 정신을 사용하는 행위를 말한다. 그렇게 나는 모든 '일'을 그만두고 은퇴자가 되었다.

그로부터 5개월쯤 지났을 때였다. 손위 처남이 물었다.

"일을 안 한 지 얼마나 되었나."

"5개월쯤 지났습니다."

"지루하지 않나."

"전혀 그렇게 느끼지 않습니다."

진심이었다.

이유를 생각해 보았다. 일을 그만둔 직후 우리 부부는 이사를 했다. 17년 만에 하는 이사였다. 원색적으로 표현하면, 비싼 집에서 싼 집으로 이사했다. 차액이 생겼다. 이것이 향후 나의 생활비 원천이 된다. 몇 차례에 걸쳐 검증을 했다. 과연 먹고사는 데 지장이 없는가. 결론은 '지장이 없다'였다. 하지만 잘못 계산했을 경우는 정말 큰일이므로 다시 검토를 했다. 악성 돌발 변수만 없다면 가능할 것으로 예상했다.

이사 후 집 정리가 완료되고 안정이 되었을 때 나는 피아노를 배우기 시작했다. 은퇴 전에 이미 계획한 일이었다. 이후 지금까지 1주일에 두 번 레슨을 받는다. 레슨 시간만 생각하면 1주일에 50분×2=100분에 불과하다. 하지만 이건 빙산의 드러난 부분일 뿐이다. 두 번의 레슨을 위해 연습해야 하는 시간은 1주일에 최소 5시간 이상이고 상한선은 없다. 하루에 1시간 이상 2시간 가까이를 피아노 앞에 앉는다. 취미 활동치고는 많은 시간이지만 직장에 매달리던 시간에

비하면 한참 부족하다. 그런데도 왜 그렇게 시간이 후딱후딱 지나갈까.

뭔가 다른 이유가 있다….

무얼까.

찾, 았, 다.

내가 매 끼니 식사 준비를 하는 것이 단조로운 삶에 활력을 부여한다는 생각이 들었다. 물론 주방일을 시작하면서 걱정이 없지 않았다. 하나는, 아내의 고유한 영역을 침범하는 것이 아닐까 하는 점이었다. 기우였다. 아내는 주방에서 탈출하는 것을 진심으로 즐거워했다. 30년 가까이 주방에서 고생하느라 정나미가 떨어진 모양이었다. 또 다른 걱정은 내가 잘 해낼 수 있을까 하는 점이었다. 조금 문제가 있는 듯도 했다. 예를 들면 음식 만들기와 설거지에 시간이 오래 걸렸기 때문이다. 하지만 이 문제는 경험이 쌓이면서 자연스레 해결이 되었다.

하루 세 끼의 식사를 준비하고 설거지도 하다 보면 시간은 참으로 잘 흘러갔다. 게다가 이 행위는 끼니를 해결한다는 숭고한 명분도 있다. 때로 외식을 하게 되면 그것 역시 즐거움으로 다가왔다. 예전에 "나가서 저녁 먹자"라는 말에 몹시 즐거워하던 아내만큼은 아닌 듯하나 '주방 노동'으로부터의 해방은 분명히 즐거운 일이다.

주방일을 하게 되면서 똑같은 장보기가 이전과 다르게 다가왔다. 매양 그 나물에 그 밥을 하고, 거기에 필요한 재료도 거기서 거기지만 마트와 시장에서 장보기는 늘 즐겁다. 주방에서 벗어난다는 즐거움에 더해 이걸 살까 저걸 살까 망설이는 설렘도 있다. 이런 즐거움이 주방일의 부담을 상쇄시켜 주기도 할 것이다.

나는 이렇게 주방을 나의 공간으로 만들었고, 주방에서 보내는 시간을 소중한 시간으로 만들고 있다. 가족을 위해 음식을 준비하는 행위는 노벨상 수상만큼 의미 있는 일은 아닐지 몰라도 어느 것 못지않게 중요한 일이라고 생각한다.

그래서 용기를 내어 '나의 동료들'에게 제언한다. 은퇴 후 가정생활이 순조롭기 위해서는 주방일을 익히는 것은 필수다. 선택이 아니라. 자신은 물론 가족을 위해서도 주방일은 필수다. 그에 따라오는 의미 있는 생활은 원금보다 더 큰

이자가 될 수도 있다. 잘한다, 못한다, 잘할 수 있을까, 못하면 어떡하나와 같은 생각은 접어두라. 할 수 있다, 그리고 해야 한다!

그들은 설거지로 입문한다

。

은퇴자와 그 아내의 공방전에 관한 농담은 여러 가지가 있다.

곰탕을 끓이면 긴장해야 한다.
이사 갈 때는 먼저 이삿짐 트럭에 올라타고 있어야 한다.
아내가 외출할 때는 어디 가느냐고 묻지 않아야 한다.

대부분 수동적인 이야기들이다. 생존을 위해서는 보다
능동적인 자세가 필요하다.

오랜만에 대학 선배를 만났다. 나보다 일곱 살 위니까

육십보다 칠십에 가까운 나이다.

어떻게 지내세요?

뭘 어떻게 지내. 집에 들어앉은 지 5년도 넘었어.

형도 집에서 부엌일 같은 거 하세요?

엉, 하지. 요새가 어떤 세상인데. 설거지는 많이 해.

밥이랑 반찬도 하세요?

아직. 할 수 있으면 해보려고.

최근에 정년퇴직한 직장 동기에게 물었다. 나랑 같은 나이다.

부엌일 하지?

그동안은 안 했지.

맞벌이인데 안 했다고?

지금은 해. 아내는 아직 직장 나가니까.

너도 참 대단하다. 뭘 하는데?

엉, 설거지 자주 해.

돌아가신 나의 장인어른은 1920년대에 태어나셨다. 칠십 대 초반까지 직장에 다니셨다. 옛날 분이셨지만, 은퇴 후 집에 계실 때는 라면 정도는 혼자 해서 드셨다. 장인어른의 출생 시기, 그리고 그분의 출신 지역*을 생각하면 깜짝 놀랄 일이었다. 장인어른도 설거지를 통해 집안일에 입문하셨다. 남자들에게 가장 만만한 가사 노동은 아마도 설거지인가 보다.

장인어른과 마찬가지로 돌아가신 나의 아버지도 1920년대에 태어나셨다. 하지만 장인어른과는 달리 끝까지 가사 노동에 발을 들이지 않으셨다. 라면을 끓여 먹는다? 그런 일은 아버지 사전에 없는 문장이었다. 설거지, 아버지 사전에 없는 단어였다. 초심을 끝까지 지킨 대단한 분이셨다.

그런 아버지의 피를 타고난 나는 은퇴 후 매일 음식을 만들어 아내에게 바치고 나도 먹는다. 설거지 따위는 나에게 일도 아니다. 디저트거리도 안 된다. 아버지께서 보시면 훼절(毁節)했다고 말씀하실지 모르겠다. 세상이 바뀐 게 나에게는 다행인가.

● 여러 가지 요소를 고려하여 출신 지역을 밝히지 않는다.

가계부의 힘

。

내가 은퇴 후 생활을 준비하면서 가장 먼저 시작한 것은 가계부를 적는 일이었다. '전문' 은퇴자가 되기 만 3년 전 얘기다. 수입은 없고 지출만 있는 생활을 대비하려면 철저하지 않으면 안 된다. 만에 하나 착오가 생길 경우 수습 불능이 될 위험이 크기 때문이다. 그래서 가계부를 적어보기로 마음 먹었다.

그때까지만 해도 아내는 가계부를 받기 위해 여성지 1월호를 구입하곤 했다. 내가 가계부를 적으려 한 것은 여름 무렵인데, 연초에 아내가 조금 적다 만 가계부가 있었다. 거기에 손으로 적으려다 보니 도움이 되지 않겠다는 생각이

들었다. 나중에 누적된 정보를 찾기도 어렵고, 그 정보들이 만들어내는 의미를 파악하기도 어렵다. 인터넷을 뒤져 가계부 프로그램을 찾아보았다. 지나치게 복잡하거나, 사용하기 어려운 프로그램들이 대부분이었다. 지금은 핸드폰에서 간편하게 사용하는 앱도 여러 종류 나와 있다. 이런 면에서는 확실히 편리한 세상이다.

나는 알량한 지식을 총동원하여 내가 원하는 정보만을 모아 엑셀로 가계부를 만들었다. DB 구축이나 함수 따위의 사치스런(?) 엑셀 기능은 모두 배제하고* 달랑 사칙연산만으로 이루어진 가계부였다. 나중에 사용해 보니 별로 흠잡을 데가 없었다. 흠~.

그렇게 2014년 여름부터 나는 가계부를 쓰기 시작했다. 아니 입력하기 시작했다. 수시로 아내에게 어디에, 얼마를 썼느냐고 묻는 일이 생겼다. 아내는 간혹 언짢은 표정을 짓기도 했다. 안 하던 짓을 하는 품이 뭔가 의심하는 것처럼 보였기 때문인가? 깨달으라, 마음을 있는 그대로 전달하는

● 배제할 수밖에 없다. 왜? 모르니까.

게 얼마나 어려운 일인지를.

2년쯤 가계부를 적어보았더니 자신감이 생겼다. 갑작스런 천재지변으로 믿었던 한 채 집에 문제가 생기지 않는다면, 은퇴자로서 무난하게 노후를 보낼 수도 있겠다…. 가계부를 1년 더 적고 나서, 나는 다시 건너오기 어려운 다리를 건너 은퇴자 혹은 백수의 세계로 들어갔다. 매월 임대료 내기에도 빠듯한 카페 운영이 나의 은퇴를 앞당기는 계기가되었다. 이 땅에서 '카페아저씨'로 산다는 것은 '손바닥만한 희망'만으로 될 일은 아니었다. 은퇴 후 세계에서 나를 안내해 줄 내비게이션은 자체 제작한 '사칙연산 엑셀 가계부'가전부였다.

은퇴 생활자가 된 지 3년. 가계부를 적는 일은 더 편해졌다. 신용카드의 사용 내역을 문자로 알려주는 핸드폰 기능 때문이다. 영수증을 모을 필요도 없고, 아내에게 물을 필요도 없다. 은퇴 후 수개월이 지나지 않아 아내는 주방에 관한 권리와 의무, 가계 관리에 관한 권리와 의무를 모두 나에게 양도했다. 3년쯤 가계부를 적었더니 이제는 향후의 지출규모를 어떻게 잡는 게 좋을지 계획을 세울 수도 있게 되었다. 축적된 자료 덕분이다.

우리 부부 양쪽 집안의 중요한 일들, 친척·지인들과 연관된 중요한 이벤트도 가계부에 간단히 적는다. 나와 아내의 병원 진료 기록과 약 처방 내역도 가계부를 보면 쉽게 알 수 있다. 이 가계부가 유출되면 우리 부부의 개인 정보는 완전히 공개되는 셈이다. 그래서 일부러 한 가지는 빼놓는다. 나의 골프 스코어다. 이게 공개되면, 그 망신살은 수습 불능이다.

백수 은퇴자가 아직도 골프를 치느냐고? 가계부가 나에게 감당할 수 있는 지출 범위를 알려주기 때문에 가능한 일이다. 파산을 막아주는 고마운 나의 가계부.

집에서 하는 일이 뭐 있냐고?

○

내가 주방일을 전적으로 맡고 난 후 형식상 백수임에도 시간 여유가 없어졌다. 하루 1시간쯤 되는 피아노 연습과 1시간여에 걸친 운동 시간을 내는 것이 빠듯했고 책 읽는 시간을 내기도 어려웠다. 하루 세 끼 음식을 만들어 먹고 사는 일이 이렇게 시간을 많이 필요로 하는 일이란 말인가. 생각 끝에 주방일에 소요되는 시간을 분석해 보기로 했다. 금방 답이 나왔다.

　한 끼 식사는 세 가지 과정으로 구성된다.

1단계. 준비(음식 만들기)

2단계. 시행(밥 먹기)

3단계. 뒷정리(설거지)

이 가운데 생략할 수 있는 것은 없다. 배달을 시켜 먹을 경우는 1단계가 생략되고 3단계가 간략해지지만, 그건 아주 가끔 생기는 일이다. 종종 외식도 하지만 일부러 밥 먹기 위해 나가면 시간이 더 걸린다.

나는 세 단계에 각각 30분씩을 배정했다. 보통 음식 만드는 시간은 30분이 넘기 쉽다. 밥 먹는 시간은 30분이 안 되는 경우가 종종 있고. 설거지와 냉장고, 주방 정리는 상황에 따라 다르지만 대개 30분이 채 안 된다. 평균적으로 한 끼 식사에 소요되는 시간을 '30+30+30=1시간 30분'으로 잡아서 큰 무리가 없다. 그렇다면 하루 종일 시간 여유 없는 것이 당연했다. 매일 4시간 넘게 5시간 가까이를 반드시 식사에 할애해야만 하니까 말이다.

여기서 한 가지 짚고 넘어살 것이 있다. 남편이 아내에게 흔히 한다는 "집에서 하는 일이 뭐 있다고"는 완전히 틀린 말이다. 4시간 30분 걸리는 식사에 가사 노동의 절대 요소인 청소와 빨래만 추가해도 시간 여유라는 게 불가능하지 않겠는가. 이런 상황을 모르면서 "하는 일이 뭐 있다고"라니. 내가 직장 생활을 할 때 그렇게 엄청난 발언(집에서 하는 일이…)을 해본 적 없는 게 얼마나 다행한 일인지 모르겠다.

게다가 끼니 해결은 앞에서 언급한 세 단계만으로 끝나는 게 아니다. 장도 보아야 하고 매 끼니와는 별개로 밑반찬도 준비해야 한다. 이 점에서 나의 주방 노동에는 확실한 원군(援軍)이 한 명 있는 셈이다. 30년 가까이 주방일과 가사 노동을 전담해 온 원군. 기억력에 문제가 생기지 않는다면 과거 자신이 바빴던 기억을 통해 지금의 남편을 이해할 것이다.

고마운 마음에 나는 원군에게 특혜 한 가지를 부여하기로 했다. 그건 내가 부엌에서 음식 만드느라 바쁠 때 소파에서 편한 자세로 핸드폰을 들여다보거나 TV를 봐도 당연하게 받아들이기로 한 것이다. 과거 지금과 반대로 아내가 부엌일을 할 때 나는 감히 해보지 못한 소파에서 뒹굴뒹굴하기, 그 엄청난 일을 해내는 아내의 용기가 얼마나 대단한가.

맛있는 과일을 고르는 기준

。

과일을 살 때면 나는 종종 '맛없으면 어떻게 하나' 하는 걱정을 한다. 맛없는 과일을 좋아하는 사람은 아무도 없겠지만 맛없는 과일도 참고 먹는 사람이 있다. 반면에 맛없는 과일은 아예 먹으려 하지 않는 사람이 있다. 내가 그런 축에 속한다.

야채류는 맛이 없어서 못 먹겠다고 하는 일이 별로 없다. 하지만 과일은 맛이 없어서 못 먹는 경우가 흔하다. 수분이 부족한 경우도 있고 과육이 단단해서도 그렇지만 가장 흔한 것은 단맛이 부족한 경우다.

외형이나 냄새로 고르는 기준이 몇 가지 있기는 하다.

사과나 배 같은 경우, 오뚝하게 생긴 것보다는 옆으로 펑퍼 짐하게 생긴 것이 과육도 부드럽고 단맛도 강하다. 참외도 비슷하지만 사과, 배만큼 효과적인 판단 기준은 아니다. 참 외는 외형보다 향으로 단맛을 예상하기 쉽다. 하지만 이런 기준은 대략적인 참고 자료일 뿐 정확하고 정밀한 기준은 아니다. 한 길 사람 속만 알기 어려운 게 아니라 한 치 과일 속도 알기 어렵기는 마찬가지다.

이런 불안(?)을 씻어줄 기준으로 브릭스(Brix)라는 단위 가 있다. 100g의 용액 가운데 당 성분이 몇 g 들어 있는지를 나타내는 단위다. 음료나 음식 전반에 적용하지만 가장 흔 히 쓰이는 것은 과일이다. 마트에서 판매하는 과일들은 가 격표를 게시할 때 브릭스로 표시된 당도를 함께 표시한다. 믿고 먹으라는 뜻이다. 그러다 보니 브릭스 표시가 없는 과 일은 선뜻 선택하기가 어렵다. 과일 종류를 불문하고 11브 릭스면 아주 단맛은 아니지만 먹을 만한 정도는 된다. 12브 릭스면 충분히 맛있다고 느낀다. 이보다 높은 13브릭스면 아주 맛있다고 느낄 정도가 된다. 그보다 높은 14, 15브릭 스는 찾아보기 쉽지 않지만 그쯤 되면 매우 달다.

이처럼 과학적인 방법 외에 비과학적이지만 상당히 유용한 방법이 있어서 함께 적어본다. 내가 직접 경험한 사례다.

복숭아는 단맛의 편차가 상당히 큰 과일이다. 나는 딱딱한 복숭아는 단맛이 없어서기도 하고 안 좋은 치아 때문에도 아예 먹지를 않는다. 반면 단맛 나는 복숭아는 몹시 좋아한다. 말랑말랑한 복숭아가 딱딱한 복숭아보다 대부분 단맛이 강하지만 문제는 꼭 그렇지도 않다는 데 있다. 그래서 복숭아를 살 때면 조심스럽다.

몇 년 전 선물로 받은 복숭아가 기록적으로 맛이 좋았다. 부드럽고, 달고, 이 정도 되면 '신선(神仙)의 과일'이라는 소리도 나올 만하겠다 싶었다. 결례를 무릅쓰고, 선물한 사람에게 "어디서 샀느냐"라고 물었다. 우리 집에서 조금 떨어진 과일 가게에서 샀단다. 지나가면서 보긴 했지만 과일을 산 적은 없는 가게다.

복숭아 한 상자를 다 먹은 후 그 가게를 찾아갔다. 다시 복숭아 한 상자를 샀다. 역시나 맛이 뛰어났다. 그사이 여름은 거의 끝나가고 있었다. 세 번째로 복숭아를 사러 갔다. 자주 찾았다는 생각에 가게 아저씨에게 칭찬 겸 맛있는 과

부드럽고, 달고,
이 정도면 '신선의 과일'이라는
소리도 나올 만하다.

일 고르는 방법을 물었다. 그 아저씨의 답이 내 예상을 완전
히 깼다. 그 기준은 외형도 냄새도 브릭스도 아니었다.

　"과일은 돈맛으로 먹는 거예요."

　의외의 대답에 거부감이 들기도 했지만, 딱히 반박할 논
리가 마땅치 않았다. 그 후 과일 사기가 망설여질 때는 이 기
준을 떠올린다. 100퍼센트까지는 아니지만 상당히 유용하
다. 비싼 복숭아, 비싼 딸기, 비싼 귤, 비싼 키위, 비싼 배, 비
싼 사과, 비싼 감. 모두 내가 직접 확인한 과일들이다.

된장의 미래

。

마트에서 상품을 전시할 때 가장 우선시하는 기준 가운데 하나는 같은 종류 제품을 모아놓는 것이다. 소주, 맥주, 막걸리, 와인 등 술은 술끼리 모아놓는다. 랩, 쿠킹호일, 주방 세제 등은 주방용품 코너에, 비누, 샴푸, 린스 등은 또 그들대로 모아놓는다.

　마트에서 된장 옆에는 고추장이 있다. 된장, 고추장이 한 칸 전체를 차지한다. 당연히 같은 종류 모아놓기의 원칙이 적용됐다. 된장, 고추장 맞은편에는 간장이 몇 층에 걸쳐 도열해 있다. 마트의 상품 전시 원칙에 따르면 된장, 고추장, 간장들 간에 공통분모가 있을 것이다.

이 경우 가장 표면에 나타나는 이유는 장(醬)이다. 콩으로 발효시킨 음식을 가리키는 단어, 장. 이 '장'이 발효 음식의 표층이라면, 만드는 과정의 아래층에는 메주가 있다. 삶은 콩과 소금을 적당히 섞은 다음 미생물이 번식하여 발효가 진행될 수 있도록 하는 단계다. 다루기 쉬운 크기로 만들어 허공에 걸어놓는다. 메주를 띄운다고 하는 이 과정은 2~3개월쯤 걸린다. 정확한 기간은 만드는 방법에 따라 조금씩 차이가 있는 모양이다.

메주에 대한 나의 강렬한 기억은 발효 과정에서 나는 독특한 냄새다. 서양 사람들은 코를 가리고 고개를 돌리기 쉬운 특유의 냄새. 메주보다 더 아래층에는 콩이 있다. 메주의 기본 재료는 콩이고, 우리나라의 전통 음식인 고추장, 간장, 된장은 결국 콩으로 만드는 식품이다. A4 용지 반 장 정도 분량의 글로 번갯불에 콩 구워먹듯 우리 민족이 오랜 시간 먹어온 장류 음식에 대해 설명을 해보았다.

장류 외에 콩으로 만드는 대표적인 음식에는 두부가 있다. 그런데 마트에서 두부는 된장, 고추장과 함께 배열되지 않는다. 흔히 콩나물이나 도토리묵 등과 함께 배열된다. 된장과 두부를 따로 떼어 나누는 기준은 발효의 유무인 것 같다. 우리나라 사람들은 남자라도 이 정도 차이는 안다. 두부 코너에 가서 된장을 찾지 않는다. 여자들은 학교에서 가정 시간에 배웠는지 몰라도 내 또래 남자들은 특별히 그런 내용을 배우지도 않았는데 말이다. 상식이라 다 아는 건가.

나는 직접 음식을 만들기 전까지는 된장찌개를 거의 먹지 않았다. 이유는 간단하다. 별로 맛이 없다고 생각해서였다. 그럴 수도 있지 않은가. 한국 사람이라고 모두 된장을 좋아하는 건 아닐 테니까. 그 생각은 음식을 만들기 시작하면서 바뀌었다. 된장찌개를 잘 끓이면 다른 반찬 만들 걱정이 줄어들기 때문이다(하하). 특히 요즘은 청양고추와 표고버섯을 넣고 끓이는 된장찌개를 아주 좋아하는 중이다.

이렇게 장에 관심을 가지게 되면서 제품화된 된장들 간에 어떤 차이가 있는지 알고 싶어졌다. 일부러 각기 다른 회사의 된장을 사서 먹어보았다. 세 회사의 된장 제품을 먹어보았는데 솔직히 어떤 차이가 있는지 잘 모르겠다. 찍어 먹어보고도 모르는 어리석은 사람….

음식 만드는 경험이 더 쌓이면 알게 될까? 하지만 된장을 자주 먹다 보니 요즘의 제품화된 된장과 장모님이 만들어서 나눠주시던 된장의 차이는 알 것 같다. 제품 된장은 장모님의 된장과는 달리 많이 넣어도 좀체 짜지지 않는다. 된장 종류를 바꿔봐도 마찬가지다. 짠 음식을 좋아하지 않는 세태 때문이겠지만, 의심이 고개를 든다. 많이 팔아먹으려고 이러는 거 아냐. 의심이 병이다.

된장이 떨어져서 지난번 마트에 갔을 때 장류 칸을 찬찬히 살펴보았다. 얼마나 많은 종류가 있는지 궁금했고 먼젓번과 다른 제품을 고르고 싶었기 때문이다. 지난번 샀던 된장 바로 옆에 같은 회사 제품이 있는데 용기 형태가 똑같았다. 제품명만 달랐다. 된장이 아니라 토장이라고 쓰여 있었다. 다른 맛을 느껴보고 싶었던 터라 망설이지 않고 선택했다. 끓여 먹어보니 먹던 된장을 보완한 듯하다. 조금 더 짜고, 단맛도 조금 강하다.

과거에 집에서 직접 만들어 먹던 것을 요즘은 사서 먹는 게 한두 가지가 아니다. 거부할 수 없는 트렌드다. 방앗간에서 가래떡을 뽑아온 다음 추운 데서 굳혀가지고 떡국떡이나 떡볶이떡으로 썰던 기억도 다 사라졌다. 김치도 사먹으니 된장, 고추장도 사먹는 건 당연한 일일지 모른다.

　콩으로 메주를 만들고, 그 메주를 한동안 말려서 만드
는 것이 된장이란 사실을 아는 세대가 사라지면 후세대는
된장을 어떤 것으로 알게 될까. 플라스틱 통에 담긴 브라운
색 페이스트 식품으로 여러 종류 야채와 함께 끓여 먹는 소
스의 일종? 과장이 심했다. 아무튼 된장의 미래가 궁금하다.
궁금증을 유발하는 것들 대부분은 미래가 불투명한 것들일
텐데, 그래서 더 된장의 미래가 궁금하다.

"음식 만들기는 단순노동이 아닙니다"

。

"침대는 가구가 아닙니다."

20여 년 전 인구에 회자되던 광고 문구다. 침대가 가구가 아니라니? 그렇다면 침대는 무얼까? 이 광고 맨 끝에 그 답이 나온다.

"침대는 과학입니다."

자신들의 침대는 대단히 과학적이라는 메시지를 이렇게 비과학적으로 전달할 수 있다니…. 창의적이라고 해야 할까, 아니면 견강부회(牽強附會)라고 해야 할까.•

• 그 무렵 초등학교 시험에 실제로 이런 문제가 나왔다고 한다. "다음 중

주방에서 여러 가지 음식을 한꺼번에 만들어야 할 때면 저 침대 광고가 떠오르고는 한다.

"음식 만들기는 단순노동이 아닙니다."

음식 만들기가 과학이라고 할 정도로 정확성과 정밀을 요하는 일은 아니더라도, 조리 시간에 따른 선후를 비롯하여 여러 가지 고려할 요소가 있다고 생각한다. 음식 만들기가 '유사 과학'이라는 사실을 아침 식사 준비를 통해 살펴본다.

밥과 시금칫국, 프라이팬에 굽는 생선구이, 야채(양상추+파프리카) 샐러드, 김치로 아침상을 차린다고 가정해 보자. 김치를 제외하면 1식 3찬에 불과하다.

여기서 제일 먼저 할 일은? 혹시라도 밥을 맨 나중에 한다고 답하면 오답이다. 그 이유를 효과적인 시간 활용이라는 '과학적' 관점에서 설명해 보겠다(이해를 돕기 위해 약간의 과장이 가미되었음을 미리 밝혀둔다).

가장 먼저 야채샐러드 만들기. 정성 들여 양상추와 파

가구가 아닌 것은? ①소파 ②침대 ③식탁 ①%$#˝ 정답은 4번인데, 2번을 선택한 아이들이 꽤 있었다나 어쨌다나.

프리카를 씻고 다듬어서 샐러드를 만든다. 다음 순서로 또다시 정성 들여 국을 끓인다. 중간에 간을 맞추고, 국이 넘치지 않나 지켜보며 다 끓기를 기다린다. 국이 완성될 때쯤이면 이미 상당 시간이 지났다.

출근 시간에 늦을 듯하기 때문에 강한 불로 프라이팬을 달군 후 서둘러 생선을 굽는다. 시간에 쫓기니 불을 줄이지도 못하고 타지 않도록 계속 생선을 뒤집으며 굽는다.

생선 굽기가 끝나면 헉헉거리며 쌀을 씻어서 쿠○ 전기압력밥솥에 밥을 짓는다. 이렇게 한다면 아마도 아침이 아니라 점심을 먹게 될 것이다.

그렇다면 음식 만들기 순서는 누가 가르쳐주었을까. 친정어머니가 딸에게, 시어머니가 며느리에게 가르쳐줄 수도 있었겠지만 많은 경우 음식 만드는 사람이 스스로 터득했을 가능성이 크다. 어머니나 시어머니, 일 도와주는 도우미도 음식 만드는 순서를 침대 광고처럼 '과학'이라며 가르쳐주지는 않을 테니까.

그러면 이번에는 정답에 해당하는 조리 순서의 예를 들

음식 만들기 순서는
누가 가르쳐주었을까. 스스로
터득했을 가능성이 크다.

어보겠다.

제일 먼저 쌀을 씻어 솥에 안치고, 시작 버튼을 누른다
(밥은 시간이 많이 걸리는 반면, 솥에 안친 후에는 신경 쓸 일이 없다).

시금칫국을 준비한다(멸치 국물을 낸 후 시금치를 넣고 된장을
푼다. 끓어 넘치지 않나 수시로 쳐다본다).

프라이팬에 쿠킹호일이나 종이호일을 깐다. 프라이팬
에 생선을 얹어 굽기 시작한다. 강불로 달군 후 중불로 줄여
타지 않도록 굽는다.

샐러드에 사용할 야채를 썻고 다듬는다.

생선이 타지 않는지, 국은 넘치지 않는지 확인한다.

샐러드 볼에 야채를 뜯거나 썰어 넣는다.

국의 간을 본다.

생선을 접시에 담아 식탁에 옮긴다.

냉장고에서 김치를 꺼내 그릇에 담아 식탁에 놓는다.

야채샐러드에 소스를 뿌려 식탁에 놓는다.

밥을 푸고 국도 퍼서 식탁에 놓는다.

수저를 놓는다.

자, 이제 아침 식사 준비가 다 끝났다. 먹으면 되겠다.

아차, 한 가지가 빠졌다.

아침에 먹을 사과.

사과를 깎는다. 서두르면 안 된다. 잘못하면 손 벤다.

자, 어떤가.

여러 가지를 생략했지만, 꽤 복잡한 순서가 아닌가. 만약 이 과정이 복잡하지 않다고 느낀다면, 콩나물무침을 한 가지 추가해 보면 어떨까.

이쯤 되면 음식 만드는 과정이 과학에 가깝다고 느낄 수 있지 않을까. 내가 이 복잡한 과정을 매일 세 번씩이나 하다니… 놀랍다.

한자 숙어 하나 더 공부하며, 오늘 수업 끝. 자화자찬(自畵自讚).

남은 음식을 푸대접하지 말라

◦

영화나 다큐멘터리, 드라마에는 셰프들이 자신의 요리를 최상의 상태에서 손님들에게 제공하려고 애쓰는 모습이 자주 등장한다. 가장 맛이 좋은 뜨겁기, 마르지 않고 촉촉한 상태를 유지하는 것 등 시간과의 싸움에서 고려해야 할 요소가 참으로 많다. 그렇게 손님에게 제공하고 남은 음식은 주방에서 일하는 사람들이 주섬주섬 나눠 먹는 게 아니라 음식물 쓰레기로 버려진다. 최상의 음식에 대한 셰프의 자존심인 모양이다.

얼마 전 TV 예능 프로그램에 음식 다큐멘터리 전문 PD가 출연한 것을 보았다. 그는 요리에 대해 잘 알기 위해 실제로 프랑스의 유명 요리 학교를 다녔던 경험을 이야기했다. 그중 한 대목이다. 그 PD는 자신이 다니던 요리 학교의 협조를 얻어 다큐멘터리 촬영을 했다. 교육 책임자인 유명 셰프는 촬영이 끝나면 자신이 만든 음식을 모두 버렸다고 한다. 최상의 상태가 아니므로, 교육생들이 먹는 것도 허락하지 않았다는 것이다. 만약 일반 가정에서 이렇게 했다가는 정말 난리가 날 거다.

앞의 예는 '이상향'의 모습이다. 보통 사람들이 끼니를 해결하는 현실의 주방은 그렇게 멋있고 폼 나는 곳이 아니다. 먹던 음식을 한 번에 다 먹지 못하면 남겨놓았다가 다시 먹게 된다. 몇 번에 걸쳐 나눠 먹을 수밖에 없는 반찬은 말할 것도 없고, 요리라고 부를 만한 특별한 음식도 예외가 아니다.

이 책에서 나는 하루 세 끼를 마련하고, 먹고 치우기 위해 4시간 30분을 소모한다고 썼다. 이 주장은 일부는 사실이고 일부는 거짓이다. 매번 무언가를 새롭게 만들려고 할 경우에는 이 주장이 사실이다. 하지만 실제 생활이 어디 그런가. 국이나 찌개, 반찬은 대부분 먹다가 남게 되고, 다음 상에 다시 올려서 먹게 된다. 남은 반찬이나 음식을 다시 먹기 때문에 식사하는 데 소요되는 시간이 내 계산보다 줄어들 수 있는 것이다.

나는 가급적이면 반찬이나 국을 한 번에 먹을 만큼만 만들려고 한다. 셰프와 같은 자존심 때문은 아니지만 근본적인 이유는 같다고 본다. 만들자마자 바로 먹는 요리가 제일 맛있기 때문이다. 뜨거운 음식이든 차가운 음식이든 모두 마찬가지다. 그리고 가급적이면 두 끼보다 더 먹지는 않으려고 한다. 이런 관점에서라면 남은 요리를 다 버리는 셰프들의 광적인 집착도 일부 이해는 간다.

남았던 '요리'*를 다시 먹을 때 사용하는 가장 흔하고 간편한 방법은 전자레인지를 사용하는 것이다. 음식에 따라서는 다시 끓이거나 프라이팬에 데우거나, 오븐을 사용하는 것이 더 좋은 경우도 있다. 요즘은 에어프라이어를 쓰는 경우도 흔하다(나는 에어프라이어를 선호하지 않는다. 예열하기 귀찮아서 그렇다).

● 음식이라 하지 않고 요리라고 하니까 좀 더 그럴듯해 보인다. 그 요리를 다시 데워 먹는다니 고민을 하지 않을 수 없겠다.

그리고 남은 반찬을 그나마 좀 더 맛있게 먹는 방법에 대해서도 고민한다. 첫 번째 방법은, 남은 반찬은 다음 끼니 때 곧바로 먹지 않는 것이다. 아무래도 연거푸 먹으면 맛이 덜하기 때문이다. 한 끼 건너뛰고 먹으면 조금 낫다. 두 번째 방법. 다음 식사 때 바로 먹을 수밖에 없는 반찬은 냉장고에 넣지 않는다. 이유는 단순하다. 그 반찬이 상할 리도 없고, 냉장고에서 차가워졌던 것을 다시 데워 먹으면 맛이 덜해서 그렇다. 이런 고민이 집약되면 '남은 명절 음식 맛있게 먹는 방법'과 같은 아이디어가 탄생하는 것이 아닐까 싶다.

즉석식품과 절충의 미학

°

유명 식품 회사에서 만든 즉석식품 브랜드 비비○의 소고기 미역국을 처음 먹고 나서 후회가 막심했다. 지난 2년여 동안 왜 국을 끓이느라고 그 고생을 했던가. 소고기미역국에 적절한 고기는 어떤 부위며 어느 정도 시간을 끓여야 하고, 가장 좋은 미역을 어디에서 살 수 있는지 왜 고민했을까.

그다음 주 다시 마트를 찾았을 때 이번에는 아내가 큰 소리를 냈다. 친정어머니가 끓여주시던 소고깃국이 '소고기장터국'이란 이름을 달고 거기 있었던 것이다. 보통 육개장과는 달리 매운 맛이 덜하고 대파를 엄청나게 많이 넣고 끓인다던, 시골 장터에서 파는 것과 같은 그 국 말이다. 나도 환호했다. 그 옆에 해장용 황탯국이 있었다. 그 몇 가지 국은 다가올 꽃 천지의 첫 번째 꽃봉오리에 지나지 않았다.

우리 부부를 한 번 더 놀라게 한 것은 가격이었다. 네 개를 사면 1만 원에 살 수 있었다. 계산을 해볼 필요도 없이 직접 만들 경우에는 절대 그 가격을 따라갈 수 없다.

그로부터 1년여. 마트에 가면 매번 새로운 즉석국을 만날 수 있었다. 새로운 회사가 경쟁에 뛰어들었고 새로운 제품도 선을 보였다. 그다음 주에 가면 또 새로운 회사가 가세하고 새로운 국이 등장했다. 또 몇 달이 지났다. 왜 국만 팔아야 하느냐고 누군가 아이디어를 낸 모양이다. 여러 종류의 다양한 죽이 쏟아져 나왔다.

소비자 입장에서 나쁠 것은 없는 듯했다. 여러 회사가 사활을 걸고 경쟁을 하다 보니 가격이 오르지 않고 제자리걸음을 하는 것이다.

냉동식품을 잘 사먹지 않아서 몰랐는데, 즉석국을 계기로 냉동식품 코너를 돌아보았더니 그곳에도 다른 세상이 열려 있었다. 냉면, 가락국수(우동), 메밀국수 등이야 익히 알고 있었지만 냉동식품이 밥으로까지 확산된 줄은 몰랐다. 볶음밥 등 몇 가지를 사서 집에서 해먹었다. 맛도 있고 무엇보다 편했다.

즉석식품이 이렇게 인기를 끌게 된 요인은 대략 세 가지라고 생각한다. 첫째 조리하기 편리함, 둘째 종류의 다양함, 셋째 저렴함.

냉동식품, 즉석식품을 꺼리는 사람들도 많다는 것을 안다. 나도 그다지 선호하지 않는 축이었는데 최근 들어 즉석식품의 인기 요소 때문에 생각에 변화가 생겼다.

아내가 좋아하는 '소고기장터국'을 예로 들어 즉석식품의 강점을 살펴보겠다. 소고깃국 2인분을 만들기 위해 소고기와 무, 대파, 고구마줄기 등의 재료를 사려면 재료비만 최소 6~7천 원, 아니 2인분만 만들려면 단가가 더 올라가서 1만 원 가까이까지 될지 모르겠다. 하지만 즉석식품은 불과 3천 원이면 2인분을 준비할 수 있다.

다음으로 간편함과 다양함을 생각해 보겠다.

소고기미역국, 닭곰탕, 황태콩나물국, 육개장, 설렁탕, 이렇게 다섯 가지 종류의 국을 직접 만들려고 하면 그 재료만으로 냉장고가 가득 찰 것이다. 재료 구입비는 얼마나 많이 들까. 그리고 국을 만드는 데 드는 시간은 또 어떤가. 홈쇼핑에서 쇼호스트가 말하는 것을 흉내 내면 "이 비용과 시간으로는 절대 이 구성 맞출 수 없습니다"가 될 것이다.

이렇게 확실한 강점에도 모든 음식을 즉석식품으로 도배하지 않는 데에는 여러 가지 이유가 있다. 그중 하나는 요리하는 즐거움이다. 음식 만들기는 힘든 과정이지만 동시에 즐거움을 느끼는 과정이기도 하다. 여기에 동의하지 않는 사람도 다수 있으리라고 생각한다. 하지만 요리하는 즐거움을 원하는 사람도 그만큼은 있을 것이다. 매일 레토르트* 식품 봉지를 가위로 잘라서 내용물을 냄비에 쏟아 끓이거나 그릇에 담아 전자레인지에 돌리는 행위가 전부라면 무슨 재미가 있겠는가.

또 다른 이유는 다양성의 보존이다. 즉석국만 먹다 보면 어느 집, 어느 할머니·어머니 특유의 맛은 점차 사라지게

• '레토르트'는 특유의 식품 멸균 방법을 가리킨다. 현재는 긴 보존 기간과 조리 편의성 등이 인기를 끌면서 그 단어 자체가 즉석식품의 대명사처럼 쓰이기도 한다.

될 것이다. 다양성이 급격히 감소하는데 인간이 느끼는 즐거움이 줄어들지 않을 수 없다. 그 밖에 대량생산 음식물이 안겨주는 건강에 대한 막연한 걱정도 있을 수 있다. 예를 들어 식품보다 공산품에 가깝다는 생각과 재료의 신뢰도 문제, 데우는 과정에서 유해 성분이 나올지 모른다는 걱정 등. 이건 내가 할 걱정은 아닌 듯하지만 균형 잡힌 사고를 위해 언급해 보았다.

즉석식품의 장점을 열거하더니, 이번에는 문제점이라고 여러 가지 지적을 한다. 도대체 먹자는 것인가, 말자는 것인가!

한마디로 결론을 이야기하겠다. 먹자는 것이다. 단, '잘' 먹자는 것이다. 즉석식품이 이른바 대세임을 부정하기는 힘들다. 그래서 나는 내 나름대로 절충을 시도하고 있다.

소고기장터국에는 무를 조금 썰어 넣어 끓이고, 황태콩나물국에는 두부를 넣어서 끓인다. 닭곰탕에는 마늘과 파를 첨가한다. 맛에도 변화를 주고, 음식을 조리하는 과정도 포함시키는 것이다. 이러한 절충 방법은 주방 입문자들에게도 유용하다. 본격적인 요리가 부담된다면 즉석식품 '양 늘리기'부터 도전해 보라. 무사히 성공했다면 다음번에는 좀 더

난이도를 높여본다.

　내 나름대로 적극적으로 절충을 시도한 예를 한 가지 들겠다. 나에게 큰 즐거움인 '소고기짜장면' 만들기.

　나는 중국집에서 짜장면 고명을 남김없이 먹는 사람들이 수십 년째 부러웠다. 세상에 그런 것도 부럽냐고 하겠지만 사실이다. 돼지고기를 먹지 못하는 나는 짜장면이 너무 먹고 싶을 때면 억지로 억지로 짜장면 국수는 먹으면서도 차마 고명은 먹지 못한다.

　그러다가 몇 년 전부터는 즉석식품인 레토르트 소고기짜장으로 해결했다.˙ 감자와 양파를 원하는 만큼 썰어서 고추장으로 적당히 볶다가 레토르트 짜장을 넣어 함께 볶는다. 국수는 마트에서 파는 칼국수를 사용한다. 수타국수와 매우 흡사하다. 삶은 국수에 매콤한 짜장을 얹는다. '박씨 아저씨표 사천짜장면' 탄생이다.

● 레토르트 소고기짜장 재료를 보면 돼지고기가 들어 있다고 표시되어 있다. 소고기 함유량이 3퍼센트인데, 돼지고기가 들어간들 도대체 얼마나 들어가겠는가. 이겨낼 수 있다!

그 집은 부엌에 창문이 있나요?

○

일본의 TV 프로그램 가운데 개성 있는 단독주택을 소개하는 프로그램이 있다. 1천 편이 훨씬 넘게 방송됐으니 상당히 인기가 있는 모양이다.

여기에 소개되는 집들은 모두가 좁은 대지 위에 2~3층 정도로 지은 단독주택들이다. 각각의 집들은 건축주의 필요와 개성을 반영하여 독특한 외관과 내부 공간 배치, 세련된 인테리어를 보여준다.

이 프로그램을 보면서 궁금한 생각이 들었다. 여기에서 소개되는 주택들은 거의 모두가 부엌 공간에 창문을 마련해 놓고 있었기 때문이다.*

음식 냄새가 날아가고
바깥 공기가 들어올 때의 신선함,
그리고 눈 호강.

　　과거 우리 아파트들은 부엌 쪽에는 대부분 창문이 없었
다. 요즘은 부엌 쪽에 창문이 있는 경우가 전보다 훨씬 많아
졌다. 내가 전에 살던 아파트도 부엌에 창문이 없었지만 지
금 살고 있는 아파트는 창문이 있다. 가스레인지 바로 위에
창문이 있어서, 내가 원하지 않아도 자연히 밖을 보게 된다.
　　한 폭의 수묵화처럼 흰 눈이 내려앉은 앙상한 나뭇가
지, 사치스럽게까지 느껴지는 봄의 꽃 잔치, 한여름 짙은 녹
색에서 가을의 붉은 단풍으로 차츰 변해가는 모습까지. 부

●　이 글에서는 일부러 '주방'이라는 단어 대신 '부엌'이라고 표기했다. 주방
　과 부엌에 관해서는 78쪽 참조.

얼에 뚫린 A4 용지 서너 장 크기 창문으로 내가 누리는 호사다. 지금은 창밖에 벚꽃이 한창이다. 좁은 창문으로 감상하기에는 꽃이 너무 좋아 옆 베란다로 나가 넓은 창으로 감상한다.

창문이 있는 부엌에서 보내는 시간은 벽만 바라보던 전의 부엌과는 뭐가 달라도 다를 것이다. 이렇게 우리 집의 창문 칭찬을 늘어놓았지만, 일본 TV에 나온 주택의 창문들과는 큰 차이가 있다. 그 주택의 창문들은 우리 아파트의 창문보다 훨씬 크다. 커다란 창문이 제공하는 즐거움이 어느 정도일지 궁금하다. 어떻게 부엌에 그처럼 큰 창문을 빼놓지 않고 두게 되었을까.

부엌에 창문을 두는 이유는 환기를 위한 목적이 첫 번째일 것이다. 환기를 할 수 있는 후드(hood) 시스템을 갖춰놓았다고 해도 외부 공기가 직접 순환되는 효과보다는 못할 게 틀림없다. 나도 종종 부엌 창문을 열어 환기를 시킨다. 음식 냄새가 날아가고 바깥 공기가 들어올 때 느끼는

신선함은 거실 창문을 열 때와는 또 다른 느낌이다. 그때 앞서 말한 눈 호강은 자연스레 따라오게 된다.

　전통적으로 별로 넓지 않은 집에 사는 일본 사람들이 오래전부터 부엌에 그렇게 큰 창문을 만들어놓지는 않았으리라고 생각한다. 그렇다면 이것은 부엌에서 많은 시간을 보내는 사람을 위한 배려의 결과일지 모르겠다. 부엌에 각종 첨단 주방 기구를 갖춰놓아 사용자의 편의를 꾀하는 것도 중요하지만 작더라도 창문을 만들어서 숨 쉴 여유를 갖는 것은 굉장히 유용하리라. 생활하는 공간이 달라지면 생각하는 것도 달라지지 않겠는가.

칼을 갈다

°

"칼 갈아요, 가위 갈아요. 칼이나 가위 갈아요."

내가 어렸을 적에는 많이 듣던 소리인데 최근에는 들을 수 없다. 모 방송의 〈우리의 소리를 찾아서〉에나 나올 법한 소리다. 칼을 간다는 건 쉽게 이해되지만 가위를 간다는 건 조금 생소하다. 하지만 잠깐 생각해 보면 이해가 간다. 가위도 날이 무뎌지면 갈아서 쓸 수밖에 없을 테니까. 요즘은 새 가위를 산다는 게 정답일 수도 있겠다.

전에는 이렇게 칼 가는 아저씨가 있어서 무뎌진 날을 다시 세웠는데 요새는 어떻게 이 문제를 해결하는지 궁금했다. 그 답은 인터넷에도 있었고, 우리 집에도 있었다. 나는 쌍둥이칼로 유명한 독일 회사에서 만든 가정용 칼 가는 도구를 사용한다. 숫돌이라 하지 않고, 칼 가는 도구라고 복잡하게 쓴 것은 모양도, 사용 방법도 숫돌과는 완전히 다르기 때문이다. 내가 가진 칼 가는 도구는 중간에 얇은 홈이 파여 있어서 여기에 칼날을 넣어 내 쪽으로 당기면 된다. 숫돌보다 훨씬 간편하다. 인터넷을 보니 이런 도구에 관한 판매 정보가 많이 올라와 있다. 아, 사람들도 나처럼 이런 도구를 사용하나 보구나.

내가 칼을 가는 경우는 몇 가지 된다. 대표적인 예 두 가지만 들어보겠다.

하나는 파를 다질 때다. 대파를 잘게 다질 때 칼에 날이 서 있지 않으면 잘 다져지지 않는다. 파에 세로로 금을 내어 1차로 잘게 썰 때도 그렇지만 1차로 썰어놓은 파를 아주 잘게 다질 때는 더 잘 안 된다. 칼날에 왼손을 얹고 오른손 스냅으로 다질 때 칼에 날이 서 있지 않으면 다져지는 게 아니라 짓이겨진다. 그래서 파를 다지기 전에는 거의 매번 칼을 간다.

또 다른 경우는 달걀말이를 자르거나 두부를 자를 때다. 이것 역시 경험 있는 사람들은 모두 알 것이다. 칼이 아주 빠른 속도로 달걀말이나 두부를 통과하지 못하면 그 재료들의 모양새가 흐트러지기 십상이다. 프라이팬에 부쳐서 표면이 단단해진 두부는 특히 더하다. 한 번에 베지 못하면 모양이 무너져버린다.

반면 딱딱한 재료나 덩어리가 큰 재료는 조금 무딘 칼을 써도 어렵지 않게 자를 수 있다. 오히려 날이 덜 선 칼이 덜 무섭고 부담도 덜하다. 딱딱하고 큰 덩어리를 썰 때는 칼을 갈지 않고 파나 두부, 부친 달걀처럼 작고 부드러운 걸 썰고 자르기 위해 칼을 간다는 게 아이러니로 느껴진다.

이것은 나처럼 칼 솜씨가 서툰 자들이 최대한 끌어낼 수 있는 지혜인지 모르겠다. 어찌 보면 타협 같기도 하다. 이 대목에서 갑자기 오래전 직장 생활 하던 때가 떠오른다. 직장 생활을 할 때는 지혜도 부족했고 타협할 줄도 몰랐는데 부엌일을 하면서는 조금 바뀌었다. 선무당이 꾀가 늘었나 보다.

영양사의 조언과 주방의 현실

○

2017년 은퇴한 첫해에 종합건강검진을 받았다. 검진 후 영양사와 상담을 했다. 먹어야 하는 음식, 피해야 하는 음식, 그리고 식습관에 관한 도움말을 들었다. 그런데 영양사는 밀가루는 절대로 먹으면 안 된다고 열변을 토했다. 가급적 먹지 말라는 게 아니라 '절대로' 먹지 말라는 것이었다. 자신은 사십 대 이후에 빵을 먹는 사람을 이해할 수 없다고까지 말했다.

그와 반대로 어렸을 때부터 오십 대까지 쉼 없이 빵을 먹은 나는 그 영양사를 이해할 수 없었다. 저 영양사는 서양 사람들의 식생활을 전혀 이해하지 못하겠다고 속으로 생각했다. 나는 영양사를 신뢰하지 않기로 마음먹었다. 그 후 나는 영양사의 도움말을 무시한 채 국수와 빵을 포함한 밀가루 음식을 가리지 않고 먹었다. 다행인지 당연한 일인지 큰탈은 나지 않았다.

2년 후 두 번째 종합건강검진을 받았다. 과거의 기억이 떠올라 영양 상담은 받지 않겠다고 했고, 추가 비용을 내고 운동 상담을 받았다. 운동 상담사에게 몸무게를 줄이는 방법을 물었다. 운동으로 몸무게를 줄이는 것은 한계가 있다고 했다. 몸무게 줄이기 관련해서 운동의 효과는 30퍼센트 정도고, 다이어트(식이요법)의 비중이 70퍼센트 가까이 된다고 했다(이게 무슨 소리인가. 내가 다시 영양사와 상담을 해야 한다는 말인가). 운동 상담사가 '절대로', '완전히'와 같은 단어를 쓰지 않았기 때문에 그의 말을 믿어보기로 했다.

그때 그 영양사를 다시 만날까 걱정이 되었다. 사서 걱정이라는 게 이런 건가…. 다행이다. 2년 전과 다른 영양사였다. 큰 틀에서는 이 영양사나 '절대로' 영양사 사이에 별 차이가 없었다. 핵심적인 내용은 단백질과 탄수화물, 야채를 매 끼니 조금씩이라도 꼭 함께 섭취하라는 것이었다.

밀가루 특히 빵을 먹어도 되느냐고 물었다. 빵은 먹어도 되는데 가급적이면(절대로가 아니다!) 주식에 해당하는 빵, 즉 식빵 등을 식사용으로 먹으라고 했다. 단맛 나는 빵 종류 간식은 가급적 피하라고 했다. 그래, 이 정도로 조언을 해주면 얼마나 좋아.

영양사의 조언을 신뢰하게 되자 음식을 만들 때의 고민은 오히려 커졌다.

어, 이렇게 되면 단백질이 부족하잖아, 탄수화물만 너무 많은 거 아냐, 빵을 먹을 때 함께 먹는 야채류는 종류가 너무 제한적인데, 등등.

나는 영양사가 안겨준 숙제에 추가해서 한 가지 고민을 더 해야 한다. 맛을 어떻게 할 것인가. 아무리 건강에 좋다 해도 맛없는 음식을 계속 먹기는 어려운 것 아닌가. 음식 만드는 사람의 고민은 이렇게 영양과 맛 사이에서 진자 운동을 한다. 이 고민을 보니, 내가 음식을 만드는 사람이 맞는 모양이다.

식약동원

。

삶의 본질과 그 의미, 인간이란 무엇인가 등을 깊이 있게 생각하는 것을 철학이라고 한다. 이 철학 앞에 다른 단어를 붙이면 그 분야의 본질 혹은 가장 깊은 의미에 대한 의견을 가리키게 된다.

예를 들면 흔히 듣는 경영 철학이나 법조인으로서의 철학과 의사로서의 철학, 학교 선생님들에게 묻는 교육 철학 등이 그렇다. 하지만 주부에게 주부로서의 철학을 묻는 경우는 들어보지 못했다. 주부의 행위에 큰 의미를 부여하지 않아서거나 공기처럼 너무 가까이 있어서 그냥 스쳐 지나가서거나.

나는, 나와 아내의 생존을 위해 주방에서 음식을 만들면서 이 행위가 돈을 버는 행위 못지않게 소중한 의미를 지니고 있다고 결론 내렸다. 당연한 이야기라고 할 수도 있겠지만 나는 이제야 그 진리를 깨달았다.

진리를 깨친 나에게 누군가가 "음식을 만드는 사람으로서 어떤 철학을 가지고 있느냐?"라고 묻는다 가정하고, 아니 다시 쓰는 것이 좋겠다. 누가 나에게 그런 것을 물을 리 없으니까 내가 나에게 묻는다.

"다년간 주방을 책임진 자로서 어떤 음식 철학을 가지고 있습니까?"

이처럼 짧지만 어려운 질문에 대한 대답 가운데 두고두고 기억에 남는 답변은 보통 두 가지다. 하나, 단답형의 짧은 답. 둘, 중언부언 긴 답변 가운데 그래도 쓸 만한 내용이 조금이라도 있는 경우. 아래에 서술한 나의 답변이 두 번째에 해당하면 좋겠다. 쓸 만한 내용이 조금이라도 있기를….

인간이나 그 밖의 동물이나 먹어야 산다는 점에서는 한 치도 다름이 없다. 그뿐만 아니라 맛있는 것을 찾는다는 점에서도 다름이 없다. 다른 동물들은 인간들처럼 광적으로 맛있는 것을 찾지는 않지만 그들 나름대로 맛있는 것을 고른다. 이것은 생존을 위한 본능 이상의 그 무엇이라고 생각한다. 〈동물의 왕국〉과 외국 유명 방송사의 동물 다큐멘터리를 관심 있게 보고 얻은 지식이다.

　잔인한 예를 들게 되니까, 심약한 분들은 한두 문장 건너뛰기 바란다. 맹수가 사냥을 끝내고 먹이를 먹을 때 먼저 내장부터 먹는 모습을 본 적 있다. 질긴 고기 부위보다 내장이 먹기도 쉽고 맛도 좋다고 느끼기 때문이란다. 동물들은 '먹스타그램'도 만들지 않고 맛집 탐방도 하지 않지만 그들 나름대로 맛을 추구한다.

　하지만 동물의 세계는 거기까지가 한계다. 인간은 거기에서 한참 더 나아간다. 요리를 만드는 행위가 바로 그것이다. 그냥 씹어 먹으면 별맛 없을 풀을 뜯어서 말리고, 삶고, 찌고, 지지고 볶고, 갖은 양념을 해서 맛있는 요리로 변신시킨다. 그냥 먹으면 사자나 하이에나가 먹는 다른 동물의 살과 마찬가지일 고기를 굽고 양념을 해서 완전히 다른 먹거리로 바꿔놓는다. 여기에 그치지 않고 바짝 익힌 것, 대충 익힌 것, 덜 익힌 것 가운데 어느 게 좋으냐고 묻기도 한다. 곡

류를 찧고 빻고 끓이고 삶아서 완전히 다른 물질을 만드는 것 또한 인간의 지혜다. 밥과 죽, 빵과 국수를 생각해 보라. 이 네 가지 범주 안에서 파생되는 종류를 생각해 보라.

이 모든 행위를 긍정적으로 평가해서 결론 내리면 결국 '음식을 잘 챙겨 먹으려는 행위'라고 말할 수 있다. 잘 먹는 것 가운데에서도 일상적인 끼니를 잘 챙겨 먹는 것이 무엇보다 중요하다. 1주일 내내 대충대충 끼니를 때우다가 외식 한 끼를 잘 먹는 것은 삶에 별 도움이 되지 않을 것이다.

"식약동원(食藥同源)*, 즉 밥(끼니)을 잘 챙겨 먹는 것이 가장 좋은 약이다"라는 주장이 나의 음식 철학이다. 세상에 이렇게 쉬운 철학이 또 있을까. 음식을 만드는 일, 음식을 잘 만들기 위해 노력하는 일은 이 식약동원을 실천하기 위한 수단이다.

같은 부모님 밑에서 자랐으나, 나와 형제들 특히 막냇동생은 음식을 대하는 태도가 아주 다르다. 나는 어떤 식재

---

* 이 표현은 '약식동원(藥食同源)'이 원래 어원이다. 여기에서는 먹는 것을 강조하기 위해 임의로 식약동원으로 바꿨다. 뜻 전달에는 오류가 없을 것으로 판단했다.

료가 어디에 좋다는 얘기를 듣고도 지나치지만 막내는 매우 적극적인 편이다. 얼마 전에도 갑자기 '빵 비슷한 물체'를 내밀며 말했다.

"식감은 별로지만, 건강에 좋은 식빵이라니 드셔보세요."

오빠를 생각하는 마음은 갸륵하나, 그 빵은 내 취향과 맞지 않았다. 한마디로 맛이 없었다. 맛보다 몸에 좋은가, 나쁜가를 먼저 생각하는 막내는 종종 ○○생협, 유기농 매장 등을 이용한다. 나는 전혀 그렇지 않다. 음식 대부분, 아니 전부를 마트와 동네 슈퍼에서 구입한다. 때로는 마트에서 위악을 부리며 일부러 유기농을 피하기도 한다.

그렇게 대범한(?) 나도 챙기는 것이 두 가지 있다. 국산인가 아닌가 하는 것과 유통기한이다. 두 가지는 사실상 같은 기준으로 볼 수 있다. 상하지 않은 음식을 먹기 위해서다. 그 외에는 영양소가 너무 치우치지 않는지 신경 쓰는 정도다.

삼시 세 끼 정성 들여 만든 음식이라면 그것이 곧 약이 될 법하지 않은가. 오늘도 나는 '식약동원' 철학을 펼친다, 나의 주방에서.

그 나물에 그 밥

°

어떤 단어나 문장의 정확한 의미를 알고 싶을 때 첫 번째로 하는 행동은 사전을 찾는 일이다. 사전도 인간이 만든 것이라 틀릴 수 있겠지만 그런 경우까지 염두에 두고 생각을 펼쳐나가기는 어렵다. 나도 글을 쓸 때면 수시로 사전을 찾는다. 그런데 드문 일이 일어났다.

'그 나물에 그 밥'을 찾았더니 《표준국어대사전》에서는 "서로 격이 어울리는 것끼리 짝이 되었을 경우를 두고 이르는 말"이라고 나온다. 어, 그런 뜻이었어? 별 볼일 없는 것들의 조합, 혹은 수시로 반복되는 가치 없는 일 같은 뜻이 아니란 말야? 그렇다면 내가 막연히 알던 부정적 의미와 거의 정반대의 의미 아닌가.

　잠시 고민을 했으나, 나의 무지를 전제로 한 채 이야기를 전개해 나가기로 마음을 굳혔다. 비전문가의 강점을 한껏 살려보기로 한 것이다. 인터넷을 뒤져보니 사전의 의미보다는 평소 내가 생각한 의미와 같은 용례가 대부분이라는 점도 용기를 주었다.

　'그 나물에 그 밥'이라는 표현을 들으면서 나는 이것이 드라마에 나오는 머슴 같은 사람들의 푸념이라고 생각했다. 대감마님을 포함하여 어깨에 힘 줄 수 있던 양반님네들은 고기나 생선토막이라도 먹었을 터이니 말이다. 누구는 고기 먹고, 누구는 나물 먹던 세상. 그런데 내가 주방에서 음식을 해보니 그 타령이 바로 나에게 해당한다는 것을 알았다. 매일 나물만 먹는다는 뜻은 아니다. 다양하지 않고 거기서 거기인 반찬 때문에 고민이 크다는 뜻이다.

　매일 나물만 먹는 경우, 나물이라도 다양하게 먹으면 좋겠지만 그렇지도 않다. 내가 만들어서 밥상에 올리는 나물 종류는 몇 가지 안 된다. 콩나물, 숙주나물, 가지나물, 애호박나물, 무나물, 시금치나물, 감자채나물.

전에 어머니나 장모님이 해주실 때는 먹었지만 지금은 거의 먹지 않는 것들도 많다. 고사리나물, 우거지나물, 취나물, 도라지나물 등 대부분 말렸다가 물에 다시 불린 후 익혀서 만드는 나물들이다. 손이 많이 가서 도전을 하지 않는다. 그리고 이에 끼는 게 싫어서도 잘 먹지 않는다. 정월대보름이나 설, 추석 때는 반찬 가게에서 조금 사서 구색만 갖춘다. 아예 만들 줄도 모르고 먹어보지도 않은 것들도 있다. 봄동, 돌나물, 미나리나물, 고구마줄기 등.

다른 반찬들도 마찬가지다. 해먹는 반찬은 늘상 해먹던 반찬들이다. 그 국, 그 찌개, 그 반찬. 그래서 '그 나물에 그 밥'이라는 말을 떠올린 것이다. 여기서 탈피하고자 간혹 새로운 도전을 해본다. 인터넷이나 요리책에서 레시피를 찾아보고, 재료를 사고, 용기를 내서 만들어보고. 하지만 거의 전부가 과거에 먹던 음식의 견고한 성을 뚫고 들어오지 못한다. 그러니 장 보는 재료도 매양 그 타령이다.

별걸 다 고민한다고 할지도 모르지만, 매일 세 끼 식사를 챙기다 보면 피할 수 없는 고민이다. 그래서 반성도 해본다. 어렸을 때 편식하지 말았어야 한다. 어릴 때 다양한 음식을 먹었더라면 지금 좀 더 여러 가지 음식을 먹을 것 같다. 만시지탄이다.

이도 열심히 닦았어야 했다. 그랬으면 지금 고기나 나물을 좀 더 잘 씹어서, 먹는 음식 종류가 늘어났을 것이다. 하지만 길을 바꾸기에는 이 길로 너무 멀리 왔다. 자성과 교훈은 이만하면 됐다. 그나저나 내일은 뭘 해먹나.

주방과 부엌에 관하여

"엄마 어디 계셔?"

동생이 누나에게 물었다.

"엉? 주방에."

"부엌에서 뭘 하신대?"

"저녁에 먹을 잡채 만드시나 봐."

누나는 주방으로 답했고, 동생은 부엌으로 되물었다. 의사소통에는 전혀 어려움이 없다. 둘 다 음식을 만드는 공간을 가리키는 말이기 때문이다. 주방(廚房)은 한자어, 부엌은 순우리말이다.《표준국어대사전》에서는 주방을 "음식을 만들거나 차리는 방", 부엌은 "식사에 관련된 일을 하는 곳"이라며 두 단어를 '비슷한 말'로 정의했다.

그런가 하면 "주방은 본래 궁중의 수라간을 말하던 소주방(燒廚房)에서 유래"한 취사만 전담하는 공간이고, "부엌은 취사뿐 아니라 실내의 난방도 담당하는 곳"이라며 차이를 주장하기도 한다

《매일신문》2020년 2월 17일 자 참조). 실제로 부뚜막이 있던 전통 부엌이 아파트 등 입식 부엌으로 바뀌며 우리는 주방이란 표현을 더 자주 쓰게 됐다.

하지만 부엌은 주방으로 완전히 대체되지 않았고, 아직도 두 단어는 같은 공간을 가리키는 말이라는 게 나의 생각이다. 물론 언어 사용의 관습적 차이도 있다. 일반 가정에서는 두 단어를 섞어 쓰는 반면, 식당 등 영업장에서는 대부분 주방이란 단어만 사용한다. '주방장'이라는 말은 있어도 '부엌장'이란 말은 없지 않은가.

이 책에서는 두 가지 용어를 동일한 개념으로 보고 혼용하되, 혼란을 피하고자 '주방'을 주 단어로 사용했다. 다만 일부러 부엌을 사용한 경우도 있는데 이는 저자의 주관에 따른 것으로, 특별한 이론적 근거는 없음을 밝힌다.

2장

감자야 미안해

밑반찬 부자

○

시작은 그랬다. 카레나 김치찌개, 된장찌개처럼 익히 먹어본 음식 중 일품요리 성격의 음식을 만들어 한 끼를 해결했다. 어머니와 아내가 만들어주던 반찬을 만드는 데는 시간이 조금 더 걸렸다. 반찬이 '요리'보다 어려운 줄은 음식을 만들기 전에는 미처 몰랐다.

내가 밥을 해서 생계를 해결하고 있다는 이야기를 들은 막냇동생 왈.

"오빠, 그럼 나물도 할 줄 알아요?"

"알지."

그러고는 막내가 물어본 나물 두 가지에 자신 있게 대

답한 후 내가 할 줄 아는 나물들을 열거했다. 하다 보니 자신감 과잉한 탓에 "고사리나물, 우거지나물 등은 할 줄 모른다"라고 묻지도 않은 대답까지 했다.

반찬을 직접 만들 때까지 한동안은 마트에서 사먹었다. 시간이 지나면서 음식 만드는 솜씨가 늘었다. 사먹는 반찬은 돈도 돈이지만 입맛과 달라서, 반찬을 집에서 만들어야겠다는 생각이 점점 커졌다. 먼저 멸치조림, 오징어채무침 등 많이 먹었던 반찬부터 해보았다. 경험이 쌓이면서 차츰 종류를 늘려나갔다. 그렇게 주방에 자리를 잡은 지 3년이 넘었다. 직접 장 보고 음식을 만들어서 어떻게든 먹고살 수 있을 만큼은 되었다.

내가 자주 해먹는 밑반찬은 이런 것들이다. 나무 막대기 같은 우엉 껍질을 벗기고 잘게 썰어 데친 후 간장에 조려낸 우엉조림. 무를 채 썰어서 굵은 소금에 잠깐 절이고 소금을 씻어낸 후 멸치액젓과 고춧가루, 깨소금 등으로 간을 한 무생채. 비장의 소고기장조림. 의외로 졸이는 데 시간이 걸리는 연근조림과 마늘종(최근에는 마늘종을 간장에 졸이지 않고, 고추장 무침으로도 해봤다). 그리고 기본에 해당하는 멸치조림, 오징어채무침, 북어포무침 등등.

　여러 가지 밑반찬을 냉장고에 채워 넣고 있으면 마음이 든든하다. 여기에 나물 몇 가지를 더하면 상을 차릴 때 반찬 고민이 확 줄어든다. 서너 가지 반찬을 조합해서 돌려 먹을 경우 사흘 정도는 거뜬히 버틸 수 있다. 밑반찬 가득한 냉장고를 보면 내가 부자라는 생각이 든다. 밑반찬 부자, 부자치고 참 소박하다.

집착과 정밀 사이

TV 드라마를 보면 여성이 "밥 할 줄 알아요?"라고 묻고, 남성은 안다는 표시로 밥물을 재는 시늉을 한다. 손바닥을 밥솥에 넣어 밥물이 손등에 찰랑거릴 정도면 대충 합격점이다. 참으로 대충이다. 솥의 종류에 따라, 솥의 크기에 따라 밥이 필요로 하는 물의 양이 다를 텐데 냄비밥이든 솥밥이든 그런 식이다. 하기야 이제는 거의 모두가 전기 압력밥솥을 사용하니까 손바닥을 쓸 일도 없어졌다.

전기 압력밥솥을 사용하면서 물의 양을 테스트해 보았다. 솥에 표시된 눈금보다 조금 높게, 그러니까 물의 양을 조금 더 많이 잡았다. 밥이 만들어진 결과를 보았더니 별 문제

없었다. 그 비결은 아마도 압력밥솥이라는 점에 있는 듯했다. 특히 압력에 있는 듯했다.

떡국을 끓일 때 나는 한동안 내 손을 양을 재는 기준으로 삼았다. 2인분의 떡국을 끓이기 위해 나는 네 움큼의 떡을 집어넣었다. 그렇게 막연하게 하다 보니 의문이 생겼다. 내 손이 정확해서 떡국 양에 별 문제가 없는 것인지, 내 위(胃)가 정밀하지 않아서 대충 어느 정도의 양이 들어가면 포만감을 느끼는 것인지.

그러다가 떡을 물에 담가 불리는 그릇을 국 대접에서 머그컵으로 바꿨다. 2인분에 해당하는 한 끼 분량의 떡을 머그컵에 담았더니 공교롭게도 한 컵 가득한 분량이 되었다. 떡의 양을 가늠하기가 쉬워졌다. 무게를 달아보았다. 약 200g이었다. 내친김에 떡의 개수를 세어보았다. 세 번에 걸쳐 세어보니 평균 마흔 개 남짓했다. 이쯤 되면 집착인가.

밥 얘기로 넘어가 보자. 내가 오랫동안 먹어온 즉석밥 햇○은 210g이다. 작은 햇○은 130g이고. 한동안 180g짜리가 있었는데 요즘은 못 보겠다. 전에는 210g 햇○을 한 끼에 혼자 다 먹고도 조금 모자란 듯했는데 요즘은 매번 남는다. 나이 먹으면서 양이 줄었다. 빈 햇○ 그릇에, 남은 밥을 2인분용으로 꾹꾹 눌러 담아 냉동실에 넣을 때의 무게는 약 250g이다.

잔치국수나 비빔국수 등에 사용하는 마른 국수는 100g을 1인분으로 잡는다. 요즘 파는 중면이나 소면 포장 비닐에는 1인분을 표시하는 원이 있다. 그 원에 대보았는데 부정확하고 불편하다. 그래서 저울로 단다. 복잡할 것도 없고 시간도 걸리지 않는다. 파스타도 100g 정도를 기준으로 삼았다. 몇 차례 테스트를 해봤는데, 그쯤이면 남지도 않고 모자라지도 않았다. 젖은 국수(칼국수용으로 파는 국수)는 약 140g을 1인분으로 잡았다. 100g으로는 한 끼 식사가 모자랐다. 수분 함유량 때문인 듯하다. 라면과 짜장라면을 보니 각각 중량이 120g과 140g이다. 국물이 있는 제품의 국수 무게는 조금 적고, 국물 없는 제품은 조금 많아진다.

TV의 한 요리 프로그램 진행자는 계량을 할 때 일회용 종이컵을 쓰라고 하는데 사용해 보니 조금 불편하다. 그냥 머그컵을 사용하는 게 더 편했다. 머그컵의 용량은 크기에 따라 약간 차이가 있지만 330ml 정도다. 라면 물을 넣으려면 한 컵 반을 넣으면 된다.

음식 개발자도 아닌데 이렇게 음식 재료의 양과 계량에 집착하는 이유는 조리 속도를 높이고 실수를 줄이기 위해서다. 그래서 나는 주방에서 요리용 저울과 스톱워치를 사용한다. 스톱워치는 냉장고 문에 붙여놓고 쓰는데 아주 유용하다. 음식을 깜빡하고 태워먹거나 너무 졸아서 짜지는 일을 막아준다. 이건 집착이 아니고 정밀(精密)이라고 하자. 도량형 도구를 적절히 사용하는 슬기로운 주방 생활…. 경험이 쌓이는 것이 조금씩 도움이 된다.

요리의 설계도, 레시피

。

1990년대 후반 나는 처음으로 유럽 여행을 했다. 유럽이라고는 해도 남부 독일과 스위스를 주로 여행한 것이었다. 생애 첫 독일 여행에서 여러 가지가 놀라웠지만 그 가운데에서도 깜짝 놀란 게 있다. 고딕 성당을 비롯한 건물들의 고색창연함과 진위를 의심케 할 정도로 오래된 건축 시기다. 내가 여행했던 독일 남서부 도시 프라이부르크의 한 건물 벽에는 'Seit 11△△'라고 쓰여 있었다.

가이드를 해주던 남동생에게 물었다.

"1100년대에 지어졌다는 뜻이야?"

"그래요."

"그게 아직 남아 있어?"

"네, 아까 본 성당도 13세기 건물이었잖아요. 그런데 이 건물은 다시 지은 거예요."

"응?"

"2차 세계대전 때 폭격으로 무너졌는데 지하에 건물 설계도가 있어서, 그거에 따라 다시 지었다는 거예요."

일부러 지어낸 이야기 같았다. 하지만 그렇게 이야기를 지어내기엔 실익이 너무 적어 보여서 사실이라고 믿었다. 자, 도입부는 여기까지.

그렇다면 요리의 설계도는? 바로 레시피다. 세상의 거의 모든 음식은 반복, 재현된다. 한 번만 만들어진 후 다시 만들어지지 않는 음식은 맛을 포함하여 무언가 문제가 있는 음식일 터. 그렇다면 같은 음식을 어떻게 재현할 것인가. 내가 다시 그 음식을 만들려고 해도 그렇지만, 다른 사람이 만약 그 음식을 만들려고 하면 더더군다나 '설계도'가 필요할 것이다. 여러 차례 반복하여 조리법을 완전히 터득한 사람에게는 설계도가 필요 없겠지만 그 전 단계까지는 설계도가 필수다.

과거에는 이 요리의 설계도를 조리법 혹은 요리법쯤으로 불렀을 텐데, 요즘은 거의 모두가 레시피라고 한다. 레시피와 셰프의 전성시대다. 조리법과 요리사는 전투에서 패배했다. 나도 승자의 편을 들어 이 글에서 레시피와 셰프라는 단어를 쓰기로 했다.

나는 처음 만드는 음식들은 대부분 그 레시피를 기록해 놓는다. 2인 식사를 기준으로 한다. 자주 하는 음식이야 나중에는 레시피가 필요 없지만 가끔가다 하게 되는 음식은 레시피가 있으면 유용하다. 내 나름의 레시피를 몇 가지 들어보겠다.

> **달래무침**
> 달래 1팩 | 간장 1T | 마늘 0.5T | 식초 0.5t | 고춧가루 1.5T | 올리고당 1T | 참기름 1T
> ▶ 달래를 깨끗이 씻는다(흙이 더 이상 안 나올 때까지 씻는다). → 양념장을 준비한다. → 달래를 적당한 길이로 자른다. → 양념장과 달래를 섞어 무친다. 끝.

처음 음식을 만들 때 정리한 레시피인데 지금 보니 우

습다. 달래를 씻기가 귀찮아서 한 번 해먹고 다시 시도하지 않은 레시피라 부족한 점이 눈에 띈다. 1팩이라는 용량도 그렇거니와 T와 t의 구분이 제대로 됐는지 의아하다. 이대로 음식을 만들면 과연 먹을 수 있을지 궁금하다. 업데이트를 해야겠다. 게다가 "흙이 더 이상 안 나올 때까지 씻는다"라는 'TMI'는 도대체 무얼까. 전체적으로 엉성한 내용에 비해 '끝' 자가 눈에 띄게 다부지다.

다진 소고기볶음

다진 소고기 200g | 다진 파 상당량 | 다진 마늘 2t | 국간장 1T | 진간장 1.5T | 참기름 | 후추

▶ 참기름과 후추를 제외한 재료를 모두 넣고 웍(wok)에서 볶는다. → 중간중간 고기가 뭉치지 않도록 숟가락으로 으깨서 풀어준다. → 다 익어가면 후추와 참기름을 넣고 조금 더 볶는다. 끝.

달래무침보다는 조금 진화한 느낌이다. 끝 자는 빼놓지 않는다.

코다리조림

냉동 코다리 7~8조각(약 450g) | 무 조금 | 마늘 | 파 | 국간장 2T | 진간장 2T | 올리고당 3T | 고추장 1t | 고춧가루 1t | 설탕 약간

▶ 차가운 물에 코다리를 2~3번 씻는다. ⋯ 각종 양념을 섞어 놓는다. 양념의 3분의 1 정도를 넣고 먼저 무를 졸인다. ⋯ 5분 이상 졸인 후 코다리를 넣고 졸이기 시작한다. 이때 남은 양념의 2분의 1을 넣고 졸인다. ⋯ 중불에서 졸이고, 중간중간 양념을 끼얹는다. ⋯ 10분쯤 졸인 후(총 15분) 남은 양념장을 모두 넣고 계속 끼얹으며 졸인다. ⋯ 파를 넣는다. ⋯ 전체적으로 20분 이상 졸인다.

확실히 진화했다. 이렇게 만들면 먹을 수 있을 것 같다. 그런데 끝 자는 어디 갔을까.

레시피 적기는 귀찮은 일이지만 귀찮음을 무릅쓸 만큼 중요하고 유용하다. 지금 이 글을 쓰기 위해 예전 레시피를 찾아보니 파일명이 '실전 조리법'이다. 실전이라는 결연한 단어도 우습지만 나름 신문물인 엑셀로 만든 자료와 조리

법은 뭔가 부조화스럽다. 실전은 살리고, 조리법은 레시피로
고쳐야겠다. 실전 레시피, 어떤가.

감자야 미안해

。

"나는 감자로 만든 음식을 좋아한다."

"나는 감자 요리를 좋아한다."

"나는 감자 요리라면 무조건 좋아한다."

이 세 문장들 중 어느 것도 지금 내가 표현하려는 의미를 제대로 살리지 못한 것 같다. 그래서 다시 바꿔본다.

"나는 감자를 좋아한다."

이렇게 말하면 감자는 물론 감자로 만든 음식들도 모두 좋아한다는 말이 될 듯하다. 내 의도에 가까워졌지만 아직도 조금 부족하다.

"나는 감자를 사랑한다."

맞다. 이거였다. 사람들 앞에서 누군가를, 또 무엇인가를 사랑한다고 고백하는 일은 역시 쑥스럽다. 하지만 사랑을 증명하려면 그 정도 과감함은 있어야 하고 어느 정도 부끄러움도 감내해야 한다. 조금 더 큰 목소리로 말해 보겠다.

"감자야, 사랑해!"

나의 감자 사랑은 아주 어렸을 때부터 시작되었다. 몇 살이라고 꼭 집어 말할 수 없지만 대략 열 살보다 조금 어렸던 것 같다. 내 생일은 한여름이다. 햇감자가 많이 나기 시작하는 때다. 나는 내 생일에 어머니께 미역국 말고 감잣국을 끓여달라고 했다. 어머니는 "생일에는 미역국을 먹어야 해" 하고, 어르지도 강요하지도 않으셨다. 내 희망대로 감잣국을 끓여주셨다. 나는 만족했다. 그렇게 좋아하는 감잣국을 내 생일에 먹을 수 있다니.

감자 요리를 생일에만 먹은 건 아니다. 다른 날에도 먹었다. 비싼 재료도 아니고, 만들기 힘든 음식도 아니어서 그랬을까. 국으로만 해먹은 것도 아니다. 국보다는 오히려 감자조림을 더 많이 먹은 것 같다. 그 밖에 감자부침과 감자채나물도 해먹었다. 어머니는 감자크로켓도 해주셨는데 이건 아무 때나 먹는 음식은 아니었다. 초등학교 체육대회 때 한 두 번 먹어본 기억이 있다. 나는 이 모든 감자 요리를 좋아했다. 그 가운데 가장 강하게 기억에 남아 있는 음식은 '으깬 감자'다.

레시피를 적어보겠다.

감자의 껍질을 벗기고 삶는다. 감자에 분이 생기거나 저절로 갈라질 정도까지 삶는다. 어떤 종류의 감자는 이런 현상이 생기지 않는데, 이때는 젓가락으로 찔러본다. 푹 들어갈 정도가 돼야 한다. 그다음에는 삶은 감자를 으깬다. 이때 마가린을 함께 넣어서 으깬다(후에 먹어보니 버터를 넣는 것이 더 맛있다. 하지만 내가 어렸을 때는 버터 구하기가 지금보다 훨씬 어려웠던 모양이다). 마가린이나 버터를 넣을 때 적당량의 소금 그리고 후추를 함께 넣는다. 다 으깨지면 마지막 단계에서 마요네즈를 넣는다. 마요네즈는 감자가 질척할 정도로 많이 넣으면 안 된다.

나중에 보니 이게 서양 요리의 '매시트포테이토'였다. 유럽 여행 때 이걸 몇 차례 먹었는데 내가 만든 것보다 훨씬

으깬 감자를 먹으며
고교야구를 봤던 한여름 날,
그리고 역전의 명수.

짰다. 체코 프라하에 있는 식당에서 처음 먹고는 너무 짜서 잘못된 거 아니냐고 물었다. 식당 직원은 뭐가 이상하냐는 반응이었다. 정상이란다. 그 후에 들렀던 다른 식당의 으깬 감자도 모두 짰다. 정상이라고는 하나 왜 그렇게 짠지 지금도 의아하다.

나는 초등학교 고학년 때 으깬 감자를 먹으며 고교야구를 봤던 한여름 날을 생생하게 기억한다. 프로야구가 없던 그 시절 고교야구는 최고 인기 스포츠였다. 내가 감자를 먹으며 TV 결승전에서 보았던 한 팀은 군산상고였다. 그 후 사람들은 군산상고를 '역전의 명수'로 기억했고, 나는 으깬 감자로 기억했다. 한여름 날의 으깬 감자…

내가 감자를 좋아하다 못해 사랑하는 이유를 생각해

보았다. 그냥 맛이 있어서, 오래 먹어와서, 이런 이유 정도로는 잘 설명이 되지 않는다. 꼭 집자면 돼지고기는 아예 안 먹고 소고기도 거의 안 먹는데 감자는 채소류라서 정도가 될까. 더 찾아보면, 나는 이가 부실해서 딱딱하고 질긴 음식을 먹지 못하는데 감자는 전혀 그렇지 않아서도 이유가 되겠다. 누군가를(무엇인가를) 사랑하는 데 이유가 있을 수도 있지만 어느 날 보니 사랑하고 있더라 하는 경우도 있지 않은가.

　나이를 먹으면서도 나의 감자 사랑은 계속되었고 결혼 후까지 이어졌다. 결혼 후 몇 달 동안 직장도 없고 수입도 없던 상태에서 나는 쉬지 않고 감자를 사먹었다. 아내는 이에 대해 불만을 표했다. 아마도 우리 부부가 경제적으로 어려운 상태라는 것에 대한 우회 비판이었을 것이다. 눈치 없는 나는 감자보다 더 싼 음식이 어디 있느냐고 큰소리쳤다.

　그렇다. 감자는 우리나라뿐만 아니라 유럽에서도 싼 재료였다. 빈센트 반 고흐의 그림 〈감자 먹는 사람들〉을 보라. 거기에 나오는 사람들의 모습이 얼마나 빈하고, 궁해 보이는지를. 19세기 중반 아일랜드 사람들이 미국으로 대거 이민을 가게 된 것도 감자 때문이었다. 가난한 사람들의 주식

결혼 초기에는 감자튀김으로
내 감자 사랑을 표현했다.

이었던 감자를 흉년으로 구하기 어렵게 되자 그들은 고향을
등지고 미국으로 옮겨간 것이다. 조금 과장하면 존 F. 케네
디가 미국 대통령이 된 배경에는 이렇게 감자의 영향력이 숨
쉬고 있다. 대단한 감자다.

　　얼마 후 직장에 다니게 된 나는 적어도 감자를 마음 놓
고 사먹을 정도의 경제력은 갖게 되었다. 언제든지 이 대단
한 감자를 사먹을 수 있는 경제력이라…. 결혼 초기에는 감
자튀김으로 내 감자 사랑을 표현했다. 서대문구 어딘가에
살 때였다. 퇴근길에 모 여대 앞 유명한 분식점에서 저녁거
리로 감자튀김을 사들고 퇴근했다. 정확히는 야채튀김이다.
물론 그날은 드물게 집에서 저녁을 먹는 날이었다. 으깬 감
자의 아성을 위협하는 감자튀김. 제조 과정의 복잡성 때문

에 어린 시절 어머니께 마음 놓고 만들어달라 하지 못했던 감자튀김. 아마 어머니는 감자튀김에 담긴 내 효심을 잘 모르셨을 것이다.

이렇게 일방적으로 감자 예찬을 하다 보니 무언가 감추는 것처럼 느껴져서 빨리 털어놓아야겠다. 내가 유이(唯二)하게 좋아하지 않는 감자 음식이 있다. 감자옹심이와 감자전이다. 이유는 알 수 없다. 감자 요리임에도 불구하고 싫어하니 대단한 이유가 있어야 할 것 같은데 그렇지 않다. 특별한 이유는 없다. 그냥 맛이 없다고 느껴서다. 분석해 보니 두 음식의 공통점이 있다. 감자를 갈아서 만드는 음식이다. 감자를 갈았기 때문에 아마도 감자의 물성(物性)에 무언가 변화가 생긴 것 같다.

요즈음 자주 먹는 감자 음식에 프렌치프라이가 있다. 햄버거 가게에서 쉽게 먹을 수 있기 때문이기도 하고, 그보다 더 큰 이유는 아내가 좋아하는 감자 음식이기 때문이다. 패스트푸드 햄버거 대표 세 브랜드 가운데 한 군데를 제외하고 두 군데의 프렌치프라이는 합격이다. 감자의 크기와 염도, 익은 정도 등 큰 하자가 없다.

프렌치프라이와 함께 아내가 드물게 좋아하는 감자 반찬, 감양당나물. 보통 감자채나물이라고 하는 것으로, 우리 집에서는 감자와 양파, 당근의 앞머리를 따서 감양당나물이라고 부른다. (작은 목소리로) 만들기가 조금 귀찮은 음식이다.

자주 다니던 선술집에서 내가 시키던 감자 요리가 있다. 버터 바른 감자구이다. 커다란 감자를 반으로 잘라 가운데에 칼집을 내어 통째로 익힌 후 칼집 자리에 버터를 얹어 내는 음식이다. 그 큰 감자를 통째로 익히는 테크닉이 궁금하다. 버터로 충분히 맛을 냈기 때문에 소금만 가볍게 찍어서 먹는다. 얼마 전 그 선술집이 문을 닫았다. 20년 넘는 단골집이 없어져서 슬프고 통감자구이를 못 먹게 돼서 더 슬프다.

그런데 요즘 나의 감자 사랑에 큰 변화가 생겼다. 종합건강검진에서 무려 15kg을 줄여야 한다는 황당한 요구를 받은 후 감자를 먹는 횟수와 양을 줄이게 된 것이다. 감자뿐만 아니라 밀가루를 비난하기도 했던 그 영양사를 감자에 대한 무고죄로 고발하고 싶었으나, 내 몸무게가 줄어드는 바람에 무고 혐의를 입증하기 어려워졌다. 감자가 많이 서운하겠지만 이해할 것이다. 나와의 인연이 어디 한두 해에 걸친 것인가.

열 살도 되지 않은 어렸을 때부터 50여 년이 지난 지금까지 변함없이 이어지는 감자 사랑. 요즘 어쩔 수 없이 그 사랑이 조금 식은 것 같아 미안한 마음이 든다. 오래전 영화배우 커플이 이혼하며 남겼다던 명언 아닌 명언도 조금 이해할 것 같다. "사랑하기에 헤어진다." 논리가 서려면, "사랑하지만 헤어진다"가 돼야 하는 거 아냐?

감자는 이해할 것이다. 사랑하지만 조금 덜 만날 수밖에 없는 내 심정을.

"감자야, 미안해."

무를 깨닫다

。

어렸을 때는 먹기 어려워하는 음식이 많다. 나는 아이들의
평균보다 조금 더 많았다. 무도 싫어하는 음식 가운데 하나
였다. 먹기 싫어하기도 했고 먹기 힘들어하기도 했다. 발효
과정에서 풍기는 무 특유의 냄새가 싫었다. 무채처럼 생으로
먹는 음식은 날 느낌이 싫었고, 생선조림에 들어 있는 익힌
무는 그 퍼석함이 또한 싫었다. 무에게 입이 있다면 나에게
도대체 어떻게 하라는 것이냐며 따질 일이었다. 유일하게 먹
는 무 반찬은 단무지였다.

　그런데 어느 날 한여름 소나기처럼 뭇국이 맛있게 느껴
졌다. 소고기를 넉넉히 넣고 끓인 뭇국. 아이들의 음식이 아

니라 어른들의 음식인 뭇국이 좋아진 것이다. 특히나 술 먹은 다음날 아침 밥상에 뭇국이 있으면 아주 반가웠다. 어렸을 때 어머니가 먹이려다 실패하셨던 무를 술 때문에 자발적으로 먹게 된 것이다.

뭇국을 먹게 되면서 무생채도 조금씩 먹기 시작했다. 하지만 거기까지였다. 좋아하는 무 반찬이 더 늘어나지는 않았다. 어떤 사람들은 생선조림에 들어 있는 무가 그렇게 맛있다는데 나에게는 별로였다. 감자를 유달리 좋아했기 때문에 그랬는지도 모르겠다.

무와의 거리는 근년에 내가 음식을 하기 시작한 후 급격히 가까워졌다. 우리 집 냉장고에는 무가 없는 경우가 종종 있었는데 그건 내 무지 때문이었다. 조리 방법을 찾아보면 무를 넣으라고 하는 경우가 잦았다. 따라 해보았다. 국과 찌개에 무를 넣었더니 감칠맛이 확 돈다는 것을 느꼈다. MSG류의 인공 조미료를 전혀 사용하지 않는 문제를 꽤 극복해 낼 수 있었다. 냉장고에 무가 떨어질 듯하면 조바심이 생길 정도까지 되었다. 그러면서 두루 물어보니, 이제야 그걸 알게 됐느냐는 투다. 내 입장에서는 독학으로 터득한 지식인데.

무가 단독 주연인 뭇국과 무와 북어가 공동 주연을 맡은 북엇국은 좋아하는 메뉴 가운데 첫손에 꼽힌다. 코다리조림을 비롯해 생선조림에 들어가는 무는 요즘 말로 표현하자면 '신 스틸러'다. 찌개와 국 외에, 기본적으로 해먹는 무 반찬도 몇 가지는 된다. 무생채, 무나물, 무전 등. 특히 무생채는 칼질 연습을 하는 데 도움이 된다고 느낀다. 강판이 있지만 손이 베일까 무서워서 사용하지 않다 보니 무채를 썰 일이 종종 있다.

무는 값이 싼 것도 칭찬할 요소지만 다른 야채들에 비해 보존 기간이 긴 것도 칭찬거리다.

시간이 만드는 맛, 김치

○

시간의 경과에 따라 맛이 달라지는 음식이 있다. 대표적인 예가 김치다. 배추김치, 깍두기, 백김치, 동치미 등 모든 김치에 해당한다. 김치를 갓 담갔을 때는 풋내와 함께 설익은 맛이 난다. 채소의 싱싱한 느낌이 가득 느껴진다. 배추김치든 오이소박이김치든 김치로 불리는 음식들에는 예외가 없다. 나의 아내는 이 맛에 김치를 먹는다.

시간이 지나면 김치는 점차 신맛을 더해간다. 풋풋한 느낌이 사라진 잘 숙성된 김치에서는 신 냄새와 신맛이 난다. 사용한 젓갈의 종류에 따라 맛에는 약간씩 차이가 있지만 신 느낌은 동일하다. 잘 익은 배추김치의 몸통 부분을 씹었을 때 터져나오는 시원한 맛은 김치를 먹는 사람들이 누릴 수 있는 축복이다. 잘 절여진 김치만이 이런 완성된 맛을 낼 수 있다. 이 맛은 김치를 담그는 첫 순서인 소금에 절이는 단계에서 이미 결정된다. 덜 절여진 김치는 나중에 이 완성된 맛을 내지 못한다. 소금에 절일 때 김치 어딘가에 뿌려진 맛의 씨앗은 시간의 흐름 속에서 완성을 향해 나아간다. 나는 아내와 달리 이 신맛에 김치를 먹는다.

나는 아내가 좋아하는 덜 익은 김치는 아예 먹을 생각도 하지 않는다. 아내는 내가 좋아하는 상태의 신 김치를 거의 먹지 못한다. 장모님이 살아 계실 때 아내는 친정으로 김장 품앗이를 하러 갔다. 김장을 도와준 대가로 겨우내 김장김치를 얻어먹었다. 그 바람에 우리 집에는 남들 집에 다 있는 김치냉장고가 없었다. 과거형이 현재형으로 이어진다. 지금도 우리 집에는 김치냉장고가 없다.

아내가 즐기는 김장김치의 하이라이트는 김장을 담근 날 '얻어온' 겉절이를 먹는 것이다. 이때 아내는 "어렸을 때 김장 날에 겉절이를 너무 많이 먹어서 속이 아팠다"라는 얘기를 한 번도 거르지 않는다. 또한 겉절이에서 건져 먹는 굴

신 김치에 완성된 맛을
부여하는 것은
사람이 아니다. 시간이다.

맛에 대한 예찬도 빼놓지 않는다. 이때 익은 김치를 좋아하는 나는 김치는 발효식품이니 익은 후에 먹어야 되는 것 아니냐는 원론적 반론을 제기한다.

　장모님이 안 계신 지금 우리는 김치를 사먹는다. 이때도 약간의 의견 차이가 있다. 나는 신맛이 들어서 포장 비닐이 팽팽해진 김치를 일부러 고른다. 그 김치는 값도 싸다. 아내는 그렇게 겉절이를 좋아하지만 나를 위해 양보한다. 좋은 사람이다. 사먹는 김치가 아쉬운 것은 그 김치가 그 김치라는 점이다. A사의 김치나 B사의 김치나 C사의 김치나 모두 한 가지 맛처럼 느껴진다. 눈 감고 블라인드 테스트를 하면 구별하지 못할 것 같다. 불특정 다수를 상대하느라 평균적인 맛을 지향하는 식품 업체에게 독특한 맛을 바라는 건

지나친 기대일까.

잘 익은 단계를 넘어 지나치게 익은 김치를 표현할 때 쓰는 말이 있다. 시어 꼬부라졌다. 시어 꼬부라진 김치는 원래의 김치와 다른 김치 같다. 신 것이 지나쳐서 하얗게 '골마지'라는 더께가 생길 정도가 되면 먹기 어렵지만 그 전 단계까지는 얼마든지 김치의 신맛, 즉 김치의 참맛을 즐길 수 있다.

나는 이 신 김치가 발효식품의 본질을 잘 표현하는 진짜 김치라는 생각을 포기하지 못한다. 김치찌개는 신 김치로 한다. 김치전도 신 김치로 한다. 날김치로 만든 김치전을 본 적 있는가.

시간이 지나면 거의 모든 음식이 원래의 맛보다 못해지거나 아예 먹을 수 없게 되지만, 김치는 정반대다. 신 김치에, 갓 담근 김치에는 없는 완성된 맛을 부여하는 것은 사람이 아니다. 시간이다. 시간이 지나지 않으면 김치의 신맛은 완성되지 않는다. 시간이 만드는 맛을 즐기려면 기다림은 필수다.

비 오는 수요일엔 지짐이를

。

며칠째 비가 내린다. 비 오는 수요일이면 떠오르는 노래가 있다. 1980년대 가수 다섯 손가락의 〈수요일엔 빨간 장미를〉이다. 그 노래 끝부분에 "비 오는 수요일엔 빨간 장미를"이란 가사가 나온다. 내 식으로 바꿔본다. 비 오는 수요일엔 지짐이를.*

비 오는 날이면 왜 지짐이 끌리는 걸까. 불을 껴안고 만드는 음식이라 조금이나마 따뜻해지라고? 아니면 들어가는 재료나 기름기가 몸에 도움이 돼서? 막걸리는 또 왜 지짐

● 세월이 흐르면 감상(感傷)이 식욕으로 바뀌나 보다.

이랑 같이 먹는 걸까.

인터넷을 뒤졌다. 없는 게 없으니 그 답도 있겠지. 예상과 달리 별 의견이 없는 듯했다. 그럴 리가. 자세히 뒤져보니 신뢰를 담보할 수 없는 답이지만 나름 공감 가는 게 하나 올라와 있었다(인터넷의 원문에서 맞춤법만 일부 수정했다).

우리 몸에서 저절로 당긴답니다. 비가 오는 날이면 신진대사가 활발하지 않기 때문에 우리 몸이 스스로 몸을 따뜻하게 해주는 것을 찾는답니다. 부침개에 들어 있는 파나 부추가 혈액순환을 좋게 해서 몸을 따뜻하게 하는 건 다 아시죠? 물론 술도 그렇구요. 그런 이유에서입니다.

며칠째 지겹게 내리는 비를 보자니 '저절로 당겨서' 그런지 지짐이를 해먹고 싶었다. 냉동 칸에 있는 오징어를 떠올리자 그 생각은 더 강해졌다. 그런데 한 가지 작은 문제가 있다. 부추가 없는 거다. 그 대신 대파는 아주 많고. 부추 대신 대파를 잘게 썰어 넣으면 되지 않을까 생각했다. 아내에게 물었다. 아내는 "파전에 들어가는 건 쪽파"라며 대파는 안 될 거라고 말했다. 파는 부추랑 달라서 끈적거리고, 매운 맛이 나거나 이상한 맛이 날 거라고 했다. 30년 내공의 주부가 그리 말하니 3년 경력 초보 요리사가 할 말이 없다.

다시 인터넷을 뒤져봐도 파전은 쪽파로 만든다는 소리만 있다. 그래도 같은 파인데 안 될 리 없을 것 같아, 더 뒤졌다. 찾았다. 대파로 파전 만들어 먹었다는 정보가 있었다. 아내에게 일갈한 후 요리에 들어갔다.

냉장고를 열고 다듬어놓은 대파 몇 개를 꺼냈다. 부추처럼 잘게 썰었다. 파의 흰 부분도 한 뿌리쯤 썰어서 넣었다. 오징어도 다듬었다. 부실한 나의 이를 생각해서 작고 얇게 썰었다. 대파와 함께 오늘 지짐이의 주재료 역할을 할 애호박을 채 치듯 썰었다.

그다음이야 다 아는 순서. 밀가루를 물에 풀고, 재료를 넣고, 소금 간을 약간 하고. 기름을 조금 많이 두른 후 지짐이 재료 투척. 초보자답게 몇 차례 뒤집었다. 맛이 아니라 색을 위해 넣은 파프리카가 빨갛게 빛났다. 안 넣었으면 서운할 뻔했다.

식사용으로 만든 서리태콩국수와 함께 지짐이로 점심

지짐이 덕분에
수일째 내리는 비의
구질구질함을 잊는다.

상을 차렸다. 우선 냄새가 그럴듯했다. 파프리카의 빨간색
이 돋보였다. 자신감 부족으로 조금만 넣었는데 다음에는
좀 더 넣어야겠다. 지짐이를 놓은 접시의 무늬가 현란해서
지짐이의 비주얼이 덜 사는 게 조금 아쉬웠다.

자, 이제 맛의 차례다.

오징어가 들어가도록 지짐이를 뜯어서 한 입 먹었다. 보
통 때는 초간장을 찍어 먹는데 오늘은 두부조림 만들고 남
은 양념간장을 곁들였다.

예상대로 맛있다. 내가 요리를 잘한다는 뜻이 아니라(솔
직히 그 뜻도 10퍼센트쯤은 있다) 재료가 충분히 들어가고, 기름

에 지졌으니 맛이 없기가 어렵다는 뜻이다. 살짝살짝 씹히는 오징어의 느낌, 부추인지 파인지 구별할 수 없는 식물성 재료의 약간 질기고 씹을수록 무언가 퍼져나오는 느낌, 밀가루 어딘가에 숨어 있던 글루텐의 쫄깃한 느낌. 조금 과한 듯한 선에서 멈춘 올리브유의 느끼함. 그리고 이들의 조화.

아내에게 물었다. 이 지짐이에서 부추와 파의 맛을 구별할 수 있느냐고. 아내는 답이 없다.

술 한잔 생각이 간절해서 냉장고에서 소주를 꺼냈다. 아내는 침묵으로 거부감을 표현한다. 하지만 나도 물러설 수는 없다. 딱 세 잔만 먹겠다고 했다. 아내는 여전히 대답이 없다. 나는 머릿속으로 백수건달이 좋은 이유 몇 가지를 떠올리며 소주를 따랐다. 요즘 소주는 알코올 함량이 낮아서 "캬~" 소리가 저절로 안 나는 게 아쉽다. 그래도 한잔하면서 지짐이를 먹으니 수일째 내리는 비의 구질구질함을 잊을 수 있다.

누가 나에게 비 오는 날 왜 지짐이를 먹느냐고 물으면 해줄 답이 하나 생겼다. 비가 내리면서 생기는 구질구질한 느낌을 지짐이가 사라지도록 해준다고 말이다. 그리고 술

한잔을 꼭 곁들여야 한다고.

다시 아내의 눈치를 보며 말했다.

"두 잔만 마실게."

아내는 답이 없다. 지짐이의 놀라운 맛에 충격을 받아 말을 잃은 게 틀림없다.

홍합탕은 아시죠, 섭국도 아시나요?

°

얼마 전 속초로 또 여행을 갔다. '또'란 글자가 보여주듯, 속초는 우리 부부가 국내 여행지 가운데 춘천 다음으로 자주 가는 곳이다. 산, 바다를 동시에 만날 수 있고, 콘도에 묵기도 쉬워서다. 게다가 몇 년 전에 동계 올림픽을 앞두고 서울-양양고속도로가 뚫려서 과거 강릉보다도 쉽게 오갈 수 있는 곳이 되었다.

먹을거리도 많은 곳이라 더 자주 갔는지도 모른다. 항구도시니까 회, 생선구이, 매운탕 등은 기본이다. 여기에 더해 속초는 강릉과 마찬가지로 우리 부부가 좋아하는 순두부 식당도 많은 곳이다.

헤아릴 수 없이 여러 번 찾은 속초 여행에서 이번에 새로운 메뉴를 하나 더 알았다. 속초에 그만큼 자주 가고도 몰랐던 메뉴가 있다는 게 신기했다.

어느 식당에 들어갔더니 '섭국'이라는 메뉴가 눈에 띄었다. 사진이 첨부돼 있지 않아서 무언지 알 수 없었다. 전에 동해안 여행을 하다가 곰칫국이라는 것을 먹었는데, 전혀 내 취향이 아니라서 후회한 일이 있다. 생선의 모양도 보기에 불편했고, 뭉글뭉글한 생선살도 생소했다. 그 기억이 떠올라 섭국도 내키지 않았다.

다음날 다른 식당에 들어갔더니, 어라 섭국이 또 있다. 그런데 그 식당은 먼저 식당보다 관광객들이 많이 오는지 섭 옆에 '(홍합)'이라고 써놓았다. 즉, 섭국은 홍합국인 것이다. 그전부터 식당 메뉴로 있었다면 이렇게 깜깜하게 모르지는 않았을 터. 강원도의 로컬 푸드가 인기를 끌면서 최근 식당의 메뉴로 등장한 게 아닌가 싶다.

살다 보면 뜻밖의 일이 생기기도 한다. 정작 섭국 구경은 속초에서 해놓고, 먹기는 다른 곳에서 먹었다. 최근 강릉 옆 영진해변이라는 곳에 갔는데* 그곳 식당에도 섭국이 있었던 것이다. 안다고 생각해서 이번에는 망설이지 않고 시켰다. 된장으로 간을 하고 우거지 등의 야채와 홍합을 가득 넣은 국이었다. 음식에 문제는 전혀 없지만 내 취향은 아니었다. 야채와 조개류가 모두 질겨서 먹기 힘들었다. 그러나 식당은 깨끗했고 전망도 아주 좋았다. 덕분에 섭국은 좋은 기억으로 남았다.

서울에서도 홍합으로 국 같은 것을 끓이지만, 국이라고 부르지는 않는다. 대부분 홍합탕이라고 한다. 여기서 국과 탕의 차이를 나에게 물으면 딱 부러지게 말하기는 어려우나 억지로 설명은 해볼 수 있겠다. 국은 밥과 동반하는 것이고, 탕은 술과 동반하는 것?

일전에 충청도 지역을 여행할 때 올갱잇국이라는 것을 몇 차례 먹었다. 이것 역시 처음에는 뭔지 몰라서 망설였다. 알고 보니 조그만 고둥을 넣고 끓인 해장국이었다. 고둥이 다슬기라고 불린다는 것까지는 알았는데, 올갱이라고도 불리는 줄은 몰랐다. 이제는 잘 안다. 해장국으로 좋다는 것까

• 드라마 〈도깨비〉 촬영지라는 이유로 새삼스레 유명세를 탄 곳이다.

지도.

이렇듯 하나의 식재료가 여러 가지 이름으로 불리는 경우가 꽤 있다. 얼마 전 내가 음식을 만든다는 이야기를 들은 가까운 후배가 물었다. 명태, 황태, 북어 등의 차이를 아느냐고. 내심 짜증이 조금 나면서 '관용구'가 떠올랐다.

'이 사람이 누굴 뭘로 보고.'

명태부터 시작해서 일장 설파했다.

자, 명태(明太)가 출발점이야. 바다에서 잡은 생선을 명태라고 하지. 우리나라에서는 요즘 거의 잡히지 않아. 생태(生太)는 이 명태의 다른 이름인데, 얼리거나 말리지 않았다며 신선도를 강조한 거야. 생태탕에 주로 쓰이지. 하지만 아까 말한 것처럼 명태가 거의 잡히지 않기 때문에, 나는 이 생태의 출처가 늘 궁금해. (쓰다 보니 어투가 꼭 만화《식객》의 대사 같다.)

이 명태를 말린 게 북어(北魚). 속초를 비롯해 동해안과 설악산 일대에서 많이 만들지. 20년쯤 전 속초 여행 때 북어를 포장한 비닐 봉투에 '원산지 러시아'라고 쓰여 있는 것을 보고, 국산은 없느냐고 물었다가 야단을 맞았어. 명태가 안 잡힌 지가 언젠데 지금 와서 국산 북어를 찾느냐는 거야. 명태가 잘 안 잡히는 줄은 알았지만, 그 정도인 줄은 몰랐지. 몰랐던 탓에 기죽을 것도 없었고, 더 물었지. 그랬더니 러시아에서 명태를 들여와서 말리는 작업만 이 지역에서 한다는 거야.

그러자 여러 가지 의문이 머리를 들었어. 그럼 생태탕에 들어가는 생태는 뭐야? 북어 만들 명태는 없고, 생태탕 만들 명태만 있는 거야? 아니면 러시아산이야? 그러면 생태 아니잖아. 만약 러시아산이라면 생태탕의 생명인 생물의 신선함은 어찌 된 거야. 내 입장에서는 더 이상 아는 게 없으니, 생태탕을 먹을 때면 "맛있게 먹으면 그게 보약이다" 하고 중얼거리지.

같은 북어인데, 황태(黃太)라고 불리는 게 있어. 강원도 산간 지역에서 추운 겨울에 얼렸다 녹였다를 스무 번 이상 반복해서 만든 북어를 황태라고 해. 빛깔이 누르스름하고 살이 연한 편이야. 특히 속초, 정확히는 인제 용대리라는 곳이 황태 덕장으로 자부심이 강하지. 성어가 아닌 새끼 명태를 말린 걸 노가리라고 한다는 건 대부분 알겠지. 맥줏집에서 구워서 안주로 먹는 그거.

나는 이 정도 정보가 기본이라고 생각하지만, 즉석에서 이렇게 읊을 정도면 '이 사람이 누굴 뭘로 보고' 할 만하지 않은가.

한편 조기를 말리면 굴비가 된다는 건 더 설명이 필요 없을 것 같다. 그런데 조기와 아주 유사한 생선 가운데 부세가 있다. 부세는 싸고 조기는 비싸서, 과거에는 부세를 조기라고 둔갑시켜 파는 경우가 있었던 것으로 기억한다. 하지만 지금은 '부세조기'라고 하여 자기 이름을 내걸고 팔린다. 물론 부세조기라는 이름이 조금 이상하기는 하지만.

끝으로 한 가지. 아시다시피 명란(明卵)은 명태의 알이다. 내가 어렸을 때 명란은 겨울철에만 먹던 음식이었는데 요즘은 사시사철 먹을 수 있다. 명태가 잡히지 않는데 명태알로 된 명란은 어떻게 그리 흔할까? 궁금해할 만하지 않은가. 이때 외우는 주문이 있다. "맛있게 먹으면 그게 보약이다…"

인공 조미료를 탐구하다

○

이번에 이야기하려는 것은 조미료에 관한 내용이다. 그 가운데에서도 이른바 인공 조미료에 관해서다. 이 글을 읽는 분들의 시간 낭비를 막기 위해 먼저 질문을 하나 해야겠다.

"아래 사항들 가운데 몇 개나 알고 계시나요?"

아지노모토 | 미원 | 중국음식증후군 | 다시○ | MSG |
이케다 기쿠나에(인물) | 감칠맛

▶ 1~3개 : 이 글을 읽으면 여러 가지 도움이 될 겁니다.
▶ 4~5개 : 굳이 안 읽어도 되지만, 읽으면 도움이 될 겁니다.
▶ 6개 이상 : 굳이 안 읽어도 됩니다.

음식 만들기의 뒷이야기에는 종종 인공 조미료가 등장한다. 어떤 며느리가 시어머니에게 배운 대로 똑같이 요리를 만들었다. 하지만 도대체 같은 맛을 낼 수 없었다. 역시 음식 솜씨는 손맛이라고 생각했다. 그런데… 나중에 아주 나중에 부엌 찬장 한구석에서 알 수 없는 분말을 발견했다. 알고 보니 인공 조미료였다. 그게 시어머니 손맛의 비밀이었다나 뭐라나.

결혼 초기 아내와 작은 다툼이 있었다. 아내는 MSG 계열의 조미료를 전혀 사용하지 않았다. 반면에 나는 MSG가 들어가지 않은 국은 맛이 없다고 생각했고, '국민 엄마'라고 불리던 탤런트가 광고하는 다시○가 큰 인기를 끌고 있을 때였다. 그런데 내가 결혼할 무렵 MSG가 건강을 해친다는 이야기가 항간에 돌면서 다시○의 신뢰도에 균열이 생기기 시작했다.

아내는 MSG의 문제점을, 막연하지만 열심히 설명했다. 나는 반박했다. MSG가 건강에 안 좋은 재료인 양 몰리게 된 건 중국음식증후군 때문인데, 그것은 근거가 없는 애기로 받아들여지고 있다고. 그러나 이 정도 설로는 아내의 고집을 꺾을 수 없었다.*

　　한동안 다툼은 계속됐고, 결국은 칼자루를 쥔 사람이 이겼다. 나는 MSG가 들어간 음식을 먹을 수 없었다. 우리 집 주방에서는 MSG 씨가 말랐다. 며느리도 모르는 비장의 손맛은 우리 집에서 사라졌다. 하지만 여전히 내 부모님 댁에는 그 비장의 손맛이 있었다.

　　베이비붐 세대에 해당하는 내 또래들은 대부분 '미원(味元)'이라는 조미료를 기억할 것이다. 미원은 상표명인 동시에 제품을 만드는 회사 이름이기도 했다. 그러니 그 제품의 영향력이 어느 정도였는지 짐작할 수 있으리라. 이 미원과 유사한 조미료가 있었다. '미풍'이다. 하지만 미풍은 미원과의 시장 경쟁에서 밀렸다. 그러다가 미풍 회사가 후속 제품으로 다시◯를 내놓았는데, 이 다시◯가 시장 지배 제품이 되었다. 다시◯가 어느 회사 제품인지는 대부분 알 것이다. 다시◯ 광고 모델인 '국민 엄마'는 앞서 미풍의 광고 모델이

* 중국음식증후군 혹은 중국식당증후군(Chinese Restaurant Syndrome). 미국에서 식사 후 몸이 마비되는 듯한 증상을 보였던 일군의 사람들을 조사해 본 결과, 중국 음식이 그 원인으로 추정되었던 사건.

기도 했다.

미풍은 일본의 아지노모토사와 제휴해서 만든 제품이었다. 아지노모토는 일제강점기 때 우리나라의 조미료 시장을 지배하던 제품이었고. 일본어로 '味の素'라 쓰고, 아지노모토로 발음한다. '맛의 근본 요소'쯤 되는 뜻이다. 우리나라 미원의 원(元)에 해당하는 일본 발음도 '모토'다. 그래서 아지노모토나 미원이나 거기서 거기가 아닐까 한다.

그런데 이 미원, 미풍, 아지노모토의 주성분은 글루타민산나트륨이라는 화학물질이다. 물에 녹으면 감칠맛을 내는 물질로, 영어로는 'Monosodium Glutamate'다. 여기서 세 글자를 따서 MSG라고 부르는 것이다. 중국 음식에 들어 있던 이 물질이 1960년대 미국에서 인체 유해 논란을 일으켰다. 이때 등장한 것이 '중국음식증후군'이다. 지금은 MSG가 유해 물질이 아니라고 판명 났고, 중국 음식도 누명을 벗었지만 그 영향은 완전히 사라지지 않은 듯하다.

화학물질 MSG가 내는 맛을 '감칠맛'이라고 하는데, 지금부터 약 100년 전 이 맛을 발견한 인물이 일본의 화학자 이케다 기쿠나에(1864~1936) 교수다. 감칠맛은 단맛, 짠맛,

쓴맛, 신맛에 이은 다섯 번째 맛으로 인정받는 분위기다.[*] 이 MSG의 맛은 다시마와 가다랑어를 우려낸 국물의 맛과 유사하다고 널리 알려져 있다.

결혼 후 현재까지 우리 집에서는 MSG 계열의 조미료를 찾아볼 수 없다. 결혼 초 MSG를 넣자고 주장하던 내 입맛도 바뀐 지 이미 오래다. 밖에서 MSG가 들어간 음식을 먹고 나면(더 정확히는 먹었다고 생각할 때면), 목이 말라서 물을 많이 마시게 된다. MSG가 아니라 소금 때문이라는 설도 있지만, 세심하게 관찰해 보니 그건 아닌 듯하다. 호텔에서 뷔페를 먹은 날이면 대부분 목이 말라 물을 찾는다. 입맛뿐 아니라, 몸도 조금 바뀌었는지도 모르겠다.

나는 토란국을 끓일 때면 다시마를 넣고 국물을 만들었다. 지금은 이것을 여러 분야로 확대해서 사용한다. 예를 들면 뭇국, 감잣국에도 다시마를 넣고, 어묵탕을 만들 때도 다시마를 넣는다. 다시마를 넣지 않았을 경우와 다른 맛, 즉

• 흔히 매운맛을 기본 미각 중 하나로 생각하지만, 엄밀히 말해 매운맛은 '맛'이 아니라 몸에서 아픔을 느끼는 '통각'이다.

감칠맛을 얻기 위해서다.

앞에서 미원과 미풍을 언급할 때 과거형으로 설명했다. 하지만 미원과 미풍은 사실 현재형이다. 미원은 상품 표면에 감칠맛, 아미노산 조미료라는 수식어를 달고 판매되고 있다. 미풍은 상품 표면에 발효 조미료라는 수식어와 L-글루타민산나트륨이라는 성분을 표기하고 있다. 그러니까 MSG에 대한 의심은 풀렸다고 봐야 할 것이다.

만약 그럼에도 께름칙하다면 찬장에 들어 있는 '천연 조미료' 다시마를 떠올리면 될 듯하다.

갈라파고스 주방, 독학 편

。

우리는 대개 '엄마'(여기서는 이 단어가 어머니보다 더 적절해 보인다)를 통해서 음식 만들기를 배운다. 학교에서 배우는 것은 아주 기초적인 내용에 불과하고 실습은 현실적으로 어렵다. 요리 학원에서 체계적으로 공부하는 경우는 많지 않다. 대부분이 엄마 어깨너머로 익히다가 결혼하고 나면 실기 위주의 독학으로 요리 방법을 익힌다.

우리나라는 현재 중학교 과정까지가 의무교육이다. 학교에 다니지 못할 사정 때문에 독학으로 공부한 경우 검정고시에서 그 수준을 평가하게 된다. 하지만 음식 만들기에는 그런 절차가 있는 것도 아니다. 초중고 교과과정 못지않게 중요한 먹고사는 일이지만, 사람들이 '나름대로 알아서 잘하기'를 바라는 게 고작이다.

　나의 아내도 앞에서 말한 과정을 거쳤다. 결혼 전후 잠깐 요리 학원을 다니기는 했으나 오랜 기간은 아니었다. 그래도 조금이나마 도움이 되었으리라 생각한다. 나는 이 아내의 어깨너머로 음식 만들기를 배웠다. 귀찮아하는 눈치를 무릅쓰고 물어가면서 요리 지식을 조금씩 쌓아왔다.

　선생 노릇을 해줄 또 다른 인물로 수년간 식당을 운영한 누나가 있는데 '요리 수준'의 질문이 아니면 굳이 묻게 되지 않는다. 그러자니 종종 '내가 하는 게 맞나? 이렇게 하면 되나?' 하는 궁금증이 생기지만, 그에 대한 확답을 얻지 못한 채 대충 얼버무리고 넘어간다. 이 과정이 반복되면서 혹시 내가 갈라파고스제도의 거북이*처럼 음식을 만들게 되는 것은 아닐까 하는 걱정이 생기기 시작했다.

• 갈라파고스제도는 육지와 완전히 격리된 태평양의 섬들이다. 이 섬에 사는 바다거북이와 핀치새를 비롯한 동식물은 그들만의 독특한 형태로 진화했다. 찰스 다윈(1809~1882)은 이 섬의 핀치새들을 직접 탐사했고, 그 결과는 '다윈의 진화론'에 큰 영향을 끼쳤다.

아래의 에피소드는 음식 만들기 학습 과정에서 격리를 넘어 내 나름대로 소통을 시도한 사례다.

　나는 부침, 볶음, 튀김 등 기름을 쓰는 음식을 만들 때 모두 올리브유를 사용했다. 튀김에는 올리브유가 좋지 않다는 정도의 이야기는 들어서 알고 있었다. 그것이 기름이 끓는 온도와 관계된 문제인 줄도 알지만 굳이 확인하려 들지 않았다. 그런 구분이 왠지 유난스럽게 느껴져서, 나는 유난을 떨지 않겠다는 유난스러움으로 모든 요리에 그냥 올리브유를 사용한 것이다.

　올리브유를 선택하는 이유 가운데 또 하나는 가장 비싼 식용유이기 때문이다. 올리브유, 포도씨유, 옥수수유 등 여러 식용유 가운데 가장 비싼 게 올리브유다. 유기농 야채는 선택하지 않지만 기름에서만큼은 호사를 누리고 싶다며 올리브유를 선택한 것이다. 내가 올리브유를 선택하는 과정을 산수 공식으로 표현하면 이렇게 되겠다. 유난스러움+겉멋=올리브유.

　그런데 일이 되려고 그랬을까. 최근에 만난 요리 선배

유기농 야채는 선택하지 않지만
기름에서만큼은 호사를 누리고 싶다.

두 명이 나의 올리브유를 성토한 것이다. 먼저 한 사람은 올리브유는 끓는 온도가 낮아서 튀김에는 적합하지 않고, 이런 때는 포도씨유가 좋다고 충고를 했다. 그러면 올리브유는 어디에 쓰냐고 다시 묻자 샐러드 등에 사용하면 된다고 했다. 나는, 샐러드에는 샐러드용 소스를 쓴다면서 공연히 어깃장을 놓았다. 점잖은 충고는 자극이 부족한 법. 나는 끄덕거리고는 움직이지 않았다.

다른 한 사람은, 올리브유는 발연점이 낮은데 그걸 튀김에 쓰면 어떻게 되는지 아느냐, 발암물질이 나올 수도 있다, 그것도 모르고 요리를 한다고 하느냐며 강하게 질타했다. 강한 질책은 점잖은 충고보다 자극적이었다.

나는 귀찮음을 무릅쓰고 정보를 찾아보기 시작했다. 결

론은 조금 복잡했다(정리하느라 조금 힘들었다).

발연점(發煙點)이란 기름이 뜨거워지다가 연기가 나는 온도를 가리킨다. 쉽게 풀어 말하면 기름이 타기 시작하는 온도로, 기름의 영양소가 파괴되고 조리하는 음식에서 탄 맛이 나기 시작한다. 이 온도가 넘으면 발암물질 생성의 위험도 커진다. 이 온도 이상으로 계속 가열하면 기름에 불이 붙는 발화점에 도달하게 되어 아주 위험해진다.

올리브유의 발연점은 종류에 따라 편차가 있지만 엑스트라버진 올리브유 기준으로 섭씨(이하 섭씨 생략) 180도 정도고 포도씨유, 카놀라유, 옥수수유, 해바라기유 등은 발연점이 220~240도 혹은 그 이상이 된다. 그런데 부치고 지지고 볶는 온도는 대략 120~160도로 여기에 올리브유를 써도 발연점 문제는 없다. 한편 튀김에 적합한 온도는 180도 정도기 때문에 올리브유를 써도 문제가 없기는 하나 자칫 그 온도가 넘어가면 연기가 나거나 쉽게 탈 수 있다.

여기까지 이해를 하고도 좋은 기름 올리브유를 모든 요리에 쓰겠다는 내 생각은 바뀌지 않았다. 그런데 다음의 주장에 마음이 흔들렸다. 이해를 돕기 위해 과장을 보태 설명하자면, '비싼' 올리브유를 쓰면서 괜히 더 신경을 쓰고, 자 칫하다가는 요리도 망치고, 건강에도 안 좋을 수 있는데 '굳 이' 올리브유를 쓸 필요가 있겠느냐… 어라, 이건 요리의 문 제가 아니라 어리석음의 문제가 아닌가. 마침내 내 귀는 팔 랑거리기 시작했고 마음은 흔들렸다. 돈을 많이 쓰면서 사서 걱정할 이유는 없는 것 아닌가.

뜨거운 가스레인지에서 한 발 뒤로 물러서서 조금 더 냉정하게 정리해 보았다.

180도가 넘어가기 쉬운 튀김 요리에는 포도씨유 등을 사용하는 게 좋고, 지지고 볶는 요리는 무얼 써도 괜찮다. 따라서 튀김 아닌 요리에는 '마음 놓고' 올리브유를 사용하 되 혹시라도 튀김에 가까운 음식을 만들게 될 경우에는 포 도씨유를 사용해야겠다. 그리고 포도씨유는 사용하는 일이 많지 않으므로 용량이 작은 것을 선택하고 산패(酸敗)에 주 의하도록 한다.

갈라파고스제도에도 거북이가 살고 있다는 말로 내 의 견의 정당성을 주장하지만, 보편성으로부터 격리되지 않아 야겠다는 것이 현재 내 생각이다.

갈라파고스 주방, 학원 편

。

나는 독학 요리의 한계를 어떻게 보완할 수 있을지 고민했다. 요리를 가르치는 교육기관에서 체계적인 교육을 받고 싶어졌다. 오래전 요리를 취미로 삼을까 할 때 이런 생각을 한 적이 있지만 그때는 단지 생각뿐이었다. 지금은 다르다. 어차피 하는 거 좀 더 잘 해보고 싶기도 하고, 그렇게 공부를 하면 당장 써먹을 수도 있다.

음식 재료를 다듬는 방법부터 칼, 프라이팬, 오븐 등 각종 도구와 기구를 다루는 기본을 확실하게 알고 싶었다. 간장, 고추장, 된장 등 우리 음식 재료에 관해 체계적으로 알고 고추, 마늘, 생강, 후추 등 양념의 기능도 알고 싶었다. 그릇에 잘 담아서 더 맛있게 보이도록 하는 방법도 공부하고 싶었다. 갈라파고스 거북이처럼 세상과 동떨어져서 혼자 진화인지 퇴보인지 모르고 기어다니는 게 아니라 동서남북을 알아서 원하는 방향으로 나가고 싶었다.

어디선가 얻어들었던 '르 꼬르동 블루(서울)'를 떠올렸다. 최고의 요리 학교라 자처하니까 무언가 도움이 되겠지. 홈페이지를 찾아보았다.

'여긴 어디, 나는 누구?'

잘못 찾아온 것 같았다. 주눅 드는 건 두 번째고 교육 수준이 내가 찾던 게 아니었다. 나는 가나다라부터 가르쳐주는 초등학교 교육 수준을 원했는데 여기서는 대학 국문과나 문창과의 소설작법 고급 과정을 가르쳤다. 수업료도 찾아보았다. 설명이 자세히 나와 있진 않은데 학원 수강료 수준이 아니라 대학 학비 수준인 모양이다. 번지수를 한참 잘못 찾았다.

다시 찾기 시작했다. 요리 학원으로 검색을 해보았다. 수십 개의 정보가 뜬다. 자세한 번지는 다시 찾더라도 일단 동네는 제대로 찾아온 것 같다. 정보가 너무 많아 오히려 불편하지만 인내심을 갖고 둘러보았다.

전문적으로 요리를 배워 조리사 자격증을 취득하는 과정도 있고 내가 찾는 '생활 요리' 과정도 있다. 전문 과정은 한식, 일식, 중식 등 분야별로 요리를 가르친다. 생활 요리를 가르치는 속성 과정은 일상생활에서 자주 접하는 음식들 위주로 교육과정을 짜놓았다. 전화를 걸어 직접 문의했다. 상담자는 나의 희망사항을 듣더니 취미 요리 과정을 권했다. 듣고 보니 우선은 그 과정이 맞는 듯하다. 수강료도 내가 생각하던 것과 큰 차이가 나지 않는다. 실습 메뉴는 직접 찾아오면 알려주겠다고 한다. 왜 그러냐고 물었다. 정보가 유출되면 다른 학원에서 따라 한단다. 음….

결정하는 일만 남았다. 며칠까지 등록하면 할인 혜택을 받을 수 있다는 수강료 할인 안내가 귀에 맴돌았다. 혜택을 놓칠까 봐 조바심하는 게 아니라 '왜 할인을 할까?' 하면서 의심을 하는 것이다. 코로나19 때문에 학원이 잘 안 되나? 아니면 수강료 믹뤼?

이전에 외국어 공부를 하겠다며 덜컥 학원에 등록해 놓고 후회했던 기억이 떠올랐다. 조금 더 신중하게 생각해 봐

야겠다. 신중해서 나쁠 건 없다고 머뭇거림을 합리화했다.

갈라파고스 탈출이 쉽지 않다.

떨어지면 큰일 나는 식재료

。

아내는 쌀이 떨어지면 안 된다고 걱정은 하면서도 가끔 쌀을 떨궜다. 이 상황이 되면 아내는 자신의 어머니가 말한 "쌀 떨어지면 가난하게 산다"라는 경구(警句)를 떠올리곤 했다. 이 문장이 아내를 붙들어 맨 것은 가난하게 산다는 두려움이 아니었다. 그 말을 한 주체가 어머니였다는 사실이다. 친정이 가깝긴 하지만 1년에 한 번이나 들를까 말까 한 장모님이 우리 집에 쌀 떨어진 것을 확인하실 수는 없다. 그러나 아내는 그런 걱정을 했다. 가난보다 무서운 것이 자신의 어머니였다.

우리 집에서는 지난 30년 동안 몇 번인가 쌀이 떨어졌다. 쌀은 떨어졌지만 밥은 굶고 살지 않았다. 선인들의 경구가 효력을 다한 것인지 우리 부부의 운이 좋았던 것인지는 알 수 없다. 하긴 쌀은 떨어져도 즉석밥도 있고 했으니 옛 금언도 혼란을 느꼈는지 모르겠다.

음식을 만들어보니, 떨어지면 안 되는 재료가 쌀뿐만 아니다. 꼭 갖춰놓아야 하는 것부터, 있으면 좋은 것 등 몇 단계로 구분할 수 있다.

내가 직접 음식을 만들면서 터득한 정보들이다. 노련한 주부들은 이게 무슨 이야깃거리나 되느냐고 하겠지만, 나와 비슷한 수준의 주방 입문자들에게는 도움 되는 면이 있을 것이다.

1군 : 떨어지면 안 된다!!

없으면 요리를 만들기 어려워진다. 심리적으로도 불안해진다. 다만 매우 주관적인 순위임을 미리 밝혀둔다.

1위_물(생수)

우리 집처럼 정수기가 없는 경우 생수는 필수다. 초등

나는 감자 없이는 못 산다.

학교 때 중동 지역에서는 물도 사먹는다며 이상한 나라 이야기하듯 했는데, 우리가 그렇게 된 지 이미 오래다. 한편으로 가끔 이 생수는 과연 믿을 수 있는 것일까 의심을 해보고는 한다.

2위_감자

보편적인 이유가 아니라 지극히 개인적인 이유다. 자신만의 '최애 식재료'를 떠올려보라. 이 책에서 종종 이야기한 것처럼, 나는 감자 없이는 못 산다. 요즘은 사정상 매일은 먹지 못하지만 꼭 있어야 한다. 없으면 공황 상태에 빠질지도 모른다.

3위_간장과 소금

이것들 없이 음식 만들기는 상상할 수 없다. 하지만 웬만해선 떨어질 일이 없으니 긴장을 불러오지는 않는다.

4위_멸치(국물용)

냉동실 안에 들어 있기 때문에 눈에 띄지 않아 간혹 떨어질 위험에 처할 수도 있다.

5위_다진 마늘

나는 다진 마늘을 다량으로 구입해서 몇 달에 걸쳐 나눠 쓴다. 구입 즉시 소량씩 나눠서 냉동실에 보관해 놓고는 하나씩 꺼내 쓴다. 그런데 냉동실을 매일 확인하지 않아 떨어질 위험성이 있다. 다진 마늘이 없을 경우 대체 가능하지 않아서 불안하다.

6위_대파

대파를 다듬는 일은 가장 귀찮은 일 중의 하나지만, 기꺼이 하는 이유는 그 중요성 때문이다. 때때로 내가 파를 잘 사용하는지 스스로 반문하곤 하는데, 어찌 됐든 파가 없는 상황은 상정하기 어렵다.

7위_무

무는 독자적인 재료인 동시에 보조적인 재료로도 훌륭하다. 보편적 중요도에서는 감자를 앞설 것이다.

8위_카레 가루와 국수

매일 먹는 음식은 아니지만, 어느 때 '이걸 먹어야지' 하고 찾다가 없으면 놀라게 된다. 다행히 보존 기간(소비기한)이 긴 재료들이라 별로 불안하지는 않다.

9위_사과

개인적인 취향에 따른 것으로, 아내의 '최애 과일'이다. 떨어지면 큰일 난다. 세상이 바뀐 지 오래돼서 1년 내내 사과를 먹을 수 있다(그런데 이런 행운이 과연 좋기만 한 것인지에 대해서는 생각해 볼 필요가 있지 않을까).

10위_달걀

긴 설명이 필요 없다. 다만 산란일부터 유통기한까지가 3주에서 1개월이나 된다는 것이 의문이다. 너무 길지 않은가 하는.

11위_어묵

감자와 마찬가지로 우리 집의 특수 상황이다. "냉동실에 넣고 꺼내 드시면 오래 간다"라는 정보를 마트 판매원으로부터 얻어들은 후, 불안하지 않게 사용하고 있다. 아마 믿어도 될 것이다.

12위_식용유

없으면 안 된다. 떨어질까 걱정스러워서 늘 한 병 정도는 더 보관하고 있다.

13위_김치, 고추장, 된장

한국인인 내가 이 재료들을 1군 맨 꼭대기가 아니라 맨 마지막에 넣은 것은 세상이 바뀌었기 때문이다. 먹고 살 게 많다 보니, 이 재료들이 없어도 그렇게 불안하지 않다. 아무튼 좋은 세상에 산다는 생각이 든다.

2군 : 떨어뜨리지 말자!

이 재료들이 떨어질 경우, 아주 큰 '위험'에 처하지는 않는다. 하지만 '내가 음식 만드는 사람 맞나' 하는 자책을 잠깐 하게 된다. 그만큼 중요하다.

▶ 고춧가루를 포함한 각종 양념류(참기름부터 케첩까지). 고춧가루가 여기 2군에 포함된 것은 1군의 김치, 고추장, 된장과 유사한 이유다.

▶ 두부와 유부. 두부는 우리 부부가 가장 좋아하는 음식이라 늘 갖추려고 한다. 다만 보존 기간이 짧아서 신경 써야 하는 점이 부담이다. 그렇다고 냉동실에 보관

할 수도 없고. 유부초밥은 가끔 만들어 먹지만, 주로 아침 식사용으로 만들기 때문에 없을 경우 곤란해서 평점을 높였다.

▶ 양파와 당근. 각종 요리에 기본적으로 들어가는 재료들이다. 당근을 양파와 같은 수준에 두면 양파가 조금 기분 나빠할 것 같다. 냉정하게 평가하면, 양파가 쓰임새가 많아서 조금 더 중요해 보인다.

▶ 제철 과일. 제철이 없어진 지 오래라고 하나, 그래도 여름과 겨울 정도의 구분은 있다. 1군으로 분류한 사과는 필수, 그 밖에 과일 한두 가지는 꼭 갖춰놓으려고 한다.

▶ 북어와 다시마. 매일 쓰는 재료가 아니라서 간혹 놓칠 때가 있다. 그러면 많이 불편해진다. 그래서 중요도를 높이 평가했다.

▶ 그 밖에 김, 명란, 다진 소고기 등이 있으면 불안도는

감소하고, 식탁의 풍성함은 커진다.

3군 : 있으면 좋고, 없으면 할 수 없다

일종의 비상식량군이라 하겠다. 우리 집 기준으로 활용도가
높은 즉석식품 등을 포함했다.

> ▶ 고기, 생선, 식빵, 표고버섯, 청양고추, 오이, 양배추, 양
> 상추, 통마늘, 버터, 즉석밥, 참치통조림, 꽁치통조림, 황
> 도통조림. 고기와 생선은 종류 불문, 한 번 먹을 정도는
> 늘 갖춰놓으려고 한다. 식빵은 냉동시키기 때문에 보관
> 이 상대적으로 쉽다. 나머지 재료들은 분류한 대로, 있
> 으면 좋고 없으면 할 수 없다. 맨 끝의 통조림들은 개인
> 적인 취향이다. 비상식량처럼 쓸 수 있어서 포함시켰다.

먹거나 혹은 버리거나

。

주방에서 겪는 갈등 가운데 피할 수 없는 것이 있다. 버려야 하나 먹어야 하나 하는 문제다.

우리 집 주방의 재료들을 들여다봤다. 거의 모든 식재료와 가공식품에는 날짜가 쓰여 있다.

'2021. 05. 31.'처럼 날짜만 써넣은 것도 있고, 날짜 앞에 유통기한이란 글씨가 쓰인 것도 있다. 가장 흔한 것은 '2021. 05. 31.까지'처럼 날짜 뒤에 '어떤 범위의 끝을 나타내는 보조사'를 붙인 형태다.

그런데 이 '2021. 05. 31.까지'에는 서술어에 해당하는 내용이 없다. '~까지'는 먹어도 별 문제없다는 것인지, '~까지'

사고팔면 된다는 것인지. 전에는 이 부분에 혼란이 컸지만, 요즘은 많은 소비자들이 알고 있다. '유통기한 2021. 05. 31.'이라는 표현이 보여주듯 말 그대로 유통기한이다. 유통해서 소비자에게 갈 수 있는 날짜의 한계인 것이다. 즉, 2021년 5월 31일에 마트에 전시돼 있으면 유통기한을 지킨 것이지만, 6월 1일에 전시돼 있으면 어긴 것이다.

나를 비롯한 대부분의 소비자는 이것을 안다. 그래서 장보러 가서 유통기한이 짧은 재료나 식품을 살 때는 진열대의 뒤쪽이나 아래쪽을 뒤적인다. 진열할 때 판매자는 '선입선출'* 원칙에 따르기 때문이다.

나는 우유, 두부 등을 냉장고에 보관하는데 먹기 전까지 여러 번 유통기한을 확인한다. 유통기한이 임박했거나 바로 그날인 것을 알게 되면 조금 당황스럽다. 유통기한이 지난 것을 확인할 때도 있다. 조금 지났으면 몹시 당황스럽고, 많이 지났으면 오히려 당황스럽지 않다. 버리면 되니까.

• 선입선출(先入先出)이란 먼저 들어온 재료를 먼저 내보낸다는 말이다. 이 원칙을 지키기 위해서는 날짜 확인 후 바꿔 쌓기를 해야 한다. 새 상품은 뒤에. 묵은 상품은 앞에.

문제는 조금 당황스러운 경우다. 앞에서 이해한 것처럼 그 날짜는 먹을 수 있는 한계 기간이 아니다. 먹을 수 있는 기간은 유통기한과 구별하여 '소비기한'이라고 한다. 즉, 유통기한은 지났지만 소비기한이 안 지났다면 먹어도 별 문제 없다는 것이다. 2023년부터 소비기한을 도입하기 위해 식약처가 검토 중이라고 한다.

소비기한에 관한 정보를 파악해 보니, 우유는 유통기한 +50일, 달걀은 +25일, 두부 +90일, 식빵 +20일 등이다. 유통기한보다 한 달 반 이상 넘은 우유를 먹을 사람이 과연 있을까. 유통기한 세 달 지난 두부를 먹을 사람은? 아무리 인터넷을 통해 파악한 정보라지만 이건 '믿거나 말거나' 수준이다.

그렇다면 현명한 소비자도 아니고, 물건 살 때 그냥 유통기한 확인하는 정도의 보통 소비자로 돌아갔을 때 선택은 둘 중 하나다. 먹거나 혹은 말거나.

이제 결론이다.

소비자가 알아서 먹으면 된다. 알아서 먹어야 한다.

알아서 먹으면 된다는 말이 조금 무책임하게 들릴지도

모르겠다. 하지만 우리가 먹는 식재료에는 소비기한은커녕 유통기한 표시도 전혀 안 된 것들이 얼마나 많은가.

사과, 배, 귤, 딸기, 수박, 참외, 무, 배추, 감자, 고구마, 대파, 시금치, 미나리, 상추, 양상추, 양배추…. 그래도 다 알아서 먹지 않는가.

그런데 같은 나물이라도 시금치에서 콩나물, 숙주나물로 넘어가면 문제가 조금 달라진다. 그 재료들에는 유통기한이 쓰여 있다. 날짜가 쓰여 있다는 것은 생산자나 유통자가 이것을 보존, 유통하기 위해 포장 등 어떤 행위를 했다는 뜻이다(그 행위가 나쁘다는 뜻이 결코 아니다). 냉동이든 생물이든 생선(갈치, 삼치, 냉동 코다리…)에는 날짜가 없지만, 굴처럼 별도 포장된 재료에는 날짜가 있다.

고기의 경우도 마찬가지다. 유통기한이 쓰인 것도 있고, 없는 것도 있다. 날짜가 쓰여 있더라도 구입 즉시 집에서 냉동 보관하는 경우에는 기한을 거의 신경 쓰지 않는다. 물론 냉동식품도 기준이 있다고는 들었으나 그렇게 몇십 년 살고도 별 탈 없어서 계속 그렇게 살고 있다. 통조림처럼 비현실적으로 유통기한이 긴 재료들도 있다. 어떻게 하겠나.

믿을 수밖에.

그 밖에 날짜 없는 식재료들은 눈으로 보고, 손으로 만져보고 판단한다. 눈으로 보아 '맛이 갔으면' 먹지 않는다. 아주 아까우면, 맛 간 부위를 도려내고 나머지를 먹기도 한다. 눈으로 보아 괜찮은 듯하지만, 손으로 만졌을 때 물컹하면 버린다.

경험을 통해 터득한 내 나름의 식재료 관리 방법을 소개한다.

▶ 주방일 시작한 초반에는 냉장고 문에 구입한 재료들의 유통기한을 써붙였다. 두어 번 하다가 접었다. 효율적이지 않았다.

▶ 달걀 : 사온 날 냉장고에 넣을 때 달걀 포장 상자에 붙어 있는 날짜 부분을 떼어서 달걀 옆에 놓아둔다. 구입 날짜와 유통기한을 고려하여 남지 않게 맞춰 먹는다.

▶ 냉장식품 : 한 번에 먹고 끝날 경우는 그 재료의 존재를 잊지 않도록 눈에 잘 띄는 곳에 놓아둔다. 기한이 임박한 재료는 아예 앞에 꺼내놓는다. 한 번에 다 먹지 못하는 재

료는 1차 먹은 후 포장 봉투 위에 매직으로 눈에 확 띄게 적어놓는다.

▶ 상온 장기 보관 재료 : 통조림 등이 해당한다. 장 보고 온 날 전체적인 식재료 관리 차원에서 한 번씩 확인한다.

▶ 냉동할 식재료 : 장 보러 갈 때 휴대가 간편한 소형 아이스박스와 아이스팩을 챙겨간다. 집에 돌아와서는 바로 소분한다. 너무 크게 소분하면 나중에 고생하니까, 한 번에 조리할 만큼씩 적당히 나눈다. 저울과 소형 비닐 봉투를 사용하면 좋다.

▶ 야채의 보관 : 새로 사온 야채는 냉장고 야채 칸에 보관하고, 미처 다 먹지 않아서 남은 야채들은 큰 통에 꺼내놓는다. 눈에서 멀어지지 않도록 하기 위해서다.

이렇게 하고도 문제가 반드시 생긴다. 그때의 대처 방법이다.

유통기한이 지난 경우 정말 아까우면 눈으로, 코로, 또 손으로 확인하고 나서 먹는다. 하지만 거의 모든 경우 먹지 않고 버린다. 공연히 배탈 나서 약값, 병원비 치르는 것보다 낫다. 그리고 관리를 잘못한 점에 대해 잠깐 자책한다, 아주 잠깐. 승패가 병가지상사(兵家之常事)인 것처럼 식재료를 버리게 되는 일은 주방일의 상사(常事)라고 결론짓고 잊어버린다.

앞에서 예로 든 몇 가지 방법만 지켜나가도 터무니없이 식재료를 버리는 일은 거의 없을 것이다. 다 아는 사실이라면, '다 아는 소리를…' 하고 웃어넘기면 된다. 말 나온 김에 냉장고와 상온 보관 창고를 훑어보라. 아무 문제없다면 다행이다. 당신은 좋은 주부(主婦, 廚夫)다.

칼의 본능

°

수천 년 전 인간들이 사용하던 것과 똑같은 도구가 지금도 주방에서 그대로 사용된다.

바로 칼이다. 수천 년의 세월이 흘렀지만 그 본성에 변화가 없는 놀라운 도구.

구석기시대의 거친 돌 도구들이 신석기시대로 넘어오면 세련미가 차고 넘친다. 그 가운데 백미는 돌칼이다. 나처럼 재주 없는 사람은 감히 흉내조차 낼 수 없는, 균형 잡히고 미려한 모습의 돌칼. 생활 도구나 살인 무기가 아니라 아름다운 예술품에 가깝다. 청동기시대의 청동으로 만든 칼은 철기시대의 쇠칼보다 오래되었지만 보존 상태가 훨씬 좋다.

바스러진 쇳조각에 불과한 쇠칼보다 원래의 모습을 더 잘 간직한 청동검. 신석기시대 돌칼 모습과 별반 차이가 없는 이 칼들도 역시 예술 작품 같은 느낌을 준다.

다른 사람을 공격해서 상하게 하는 것이 목적인데 그처럼 아름답게 만든 이유는 무엇일까. 도구의 소중함과 희소성 때문인가. 그 당시 인간들이 사용하던 도구 가운데 가장 소중하고 귀한 물건이 가장 아름다운 모습인 건 당연한 일이리라.

칼은 그렇게 모양에 큰 변화가 생기지 않은 채 오늘날까지 수천 년을 살아온다. 모양과 달리 존재 이유에는 변화가 생겼다. 상대방을 공격하는 것보다는 음식을 만드는 일이 주목적이 되었다. 하지만 칼의 내면 어딘가에는 원초적 본능이 남아 있어서 인간에게 근본적인 공포심을 자아내는지 모른다.

나는 아내로부터 주방을 넘겨받으면서 당연히 아내가 쓰던 칼도 넘겨받았다. 그 칼은 아내가 결혼 직후부터 사용했는데, 이름을 대면 알 만한 독일제 칼이었다. 칼 몸통의 흐릿해진 쌍둥이 로고를 보면 더 쉽게 알 수 있는 칼이다. 내가 사용한 지 얼마 되지 않아 그 칼이 망가졌다. 손잡이의 플라스틱 부분이 조금 깨진 것이다. 30년 가까이 사용했으니 망가지는 것도 이상할 게 없지만 못내 아쉬웠다. 순간 박물관의 돌칼을 떠올렸다. 30년을 보존하기도 힘든데, 수천 년을 견뎌왔구나.

같은 칼을 사러 매장에 갔다. 똑같은 칼은 없었다(칼도 모델이 조금씩 바뀌는구나). 전시돼 있는 칼 가운데 그 칼과 가장 유사한 모델을 골라 꺼내보려고 했다. 판매원이 급히 달려와 꺼낼 수 없다며 손사래를 쳤다. 아하, 내가 잠자고 있는 칼의 본능을 깨울까 봐 그런 모양이다.

가격이 예상보다 많이 비싸 그 칼을 사는 것은 포기했다. 또 다른 이유는 그 칼의 유용성, 즉 날카로움 때문이었다. 집에서 쓰던 칼은 오래 쓰다 보니 날이 무뎌져서 갈아서 쓰더라도 그렇게 위험한 느낌이 들지 않았다. 나 같은 초보자에게는 오히려 더 맞는 셈이었다. 하지만 매장에서 본 칼은 달랐다. 무언가를 베기 위해 항상 준비하고 있는 듯 날선 모습이 나에게 두려움을 안겨주었다.

결국 나는 다른 매장에서 좀 더 둔중해 보이는 칼을 샀다. 가격이 한참 쌌다. 그런데 집에 와서 사용해 보니 '이건 아니다' 싶었다. 너무 크고 무거워서 사용하기 힘들었다. 날카롭지 않은 것도 마음에 들지 않았다. 결국 그 칼은 싱크대 안에서 잠을 자다가 무거운 고깃덩어리를 만나거나 힘주어 잘라야 하는 냉동 재료를 만날 때만 깨어난다.

처음보다 칼에 조금 익숙해진 지금, 다시 좋은 칼을 갖고 싶다. 잠들지 않는 자신의 본능으로 나에게 말을 걸어오는 그런 칼을.

조리 도구 열전

。

음식을 만들기 위해서는 여러 가지 조리 도구가 필요하다. 이에 관해서도 관심은 많으나 전문적인 영역인 듯하여 망설였다. 그러다가 '글쓰기'를 떠올리며 용기를 냈다. 글쓰기와 음식 만들기가 대체 무슨 관계냐고 물으실 분들이 있겠다.

글쓰기는 소설가, 시인, 수필가 등 글쓰기를 업으로 하는 사람들만 하는 일은 아니다. 초등학생과 중고생도 글을 쓰며, 대학생도 글을 쓴다. 직장인도 물론이고 주부, 은퇴자들도 글을 쓴다. 초등생의 글쓰기에는 틀린 맞춤법도 있고, 비문도 있을 수 있다. 거기에서 주저앉으면 나중에도 잘 쓰기 어렵다. 처음엔 미숙하더라도 노력해서 점점 나아지면 된다.

이 글쓰기를 떠올리며, 3년을 주방에서 일했으니 비록 초등학생 수준일지라도 조리 도구에 관해 말할 수는 있겠다고 생각했다. 조리에서 가장 중요한 칼에 관해서는 앞의 글에서 언급했으니 이번에는 냄비와 프라이팬에 관해 이야기를 해보겠다. 내가 거의 하루에 한 번 이상 마주하게 되는 주방 친구들이다.

조리 도구 1탄 : 냄비

대별하면, 두꺼운 냄비와 얇은 냄비가 있다.

두꺼운 냄비는 갈비찜과 같이 조리 시간이 오래 걸리는 음식에 적합하다. 내가 사용하는 두껍고 큰 냄비는 독일 W사 제품이다. 결혼할 때 장모님이 아내에게 챙겨주셨을 것이다. 묵직하고 한번 끓기까지 시간이 오래 걸리지만, 끓고 나면 쉬 식지 않는다. 많은 양의 국을 끓이거나 갈비찜 등을 할 때 제한적으로 사용한다. 냄비라고 했지만 냄비와 솥의 중간쯤 된다.

"성정이 냄비 끓듯 한다"라는 속언은 얇은 냄비에 해당하는 말이다. 내가 집에서 사용하는 얇은 냄비는 여러 종류가 있다. 3~4인분 국을 끓이거나 탕류를 조리할 때 쓰는 냄비, 네모난 모양이 특이해서 산 더 얇은 냄비, 양쪽에 손잡이가 달린 양수 냄비 등이다.

앞에서 이야기한 것처럼, 두꺼운 냄비는 30여 년 전 결혼할 때 산 냄비를 아직도 사용한다. 얇은 냄비들도 모두 10년 이상은 사용한 듯하다. 라면용으로 노란 양은 냄비를 3천 원 주고 산 적 있는데 지금은 없어졌다. 그것이 아마도 값싼 도구의 숙명인 모양이다. 그러니까 오래 사용할 도구는 부담이 되더라도 조금 비싼 제품을 선택하는 것이 현명하다고 생각한다. 글을 쓰다 보니 새 냄비를 갖고 싶은 마음이 자꾸 생긴다.

냄비를 선택할 때 고려할 사항 몇 가지를 소개해 보겠다. 나 같은 주방 입문자의 눈높이에 맞춘 설명이다.

무엇보다 손잡이 부분이 뜨거워지지 않는 것이 좋다. 내가 언급한 두꺼운 냄비는 명품이라고는 하지만, 양 손잡이가 몸통과 같은 쇠 재질이고, 뚜껑에 달린 손잡이도 그 재질이다. 그러니 자연 뜨거워질 수밖에 없다. 초보자들은 조리 도중에 뚜껑을 자주 열게 되는데, 그때마다 행주나 실리

콘 손잡이를 찾으려니 영 불편하다.

　　반면 내가 가장 자주 사용하는 얇은 냄비는 한쪽 손잡이인데,* 플라스틱이 덮여 있다. 뚜껑 손잡이도 플라스틱으로 되어 있다. 그러니 뜨거워서 안절부절못하는 상황은 생기지 않는다. 이와는 달리 얇은 냄비 중 양수 냄비는 두꺼운 냄비와 마찬가지로 손잡이가 쇠 재질로 되어 있다. 무슨 생각으로 이렇게 만들었는지 잘 모르겠다. 그래서 이 냄비는 뚜껑을 열 필요 없는 달걀 삶기나 물 끓이기에 사용한다.

　　다음으로 고려할 사항은 손잡이 개수다. 얇은 냄비에 해당되는 것으로, 얇은 냄비는 한쪽 손잡이가 편하다. 양쪽 손잡이는 기동성이 떨어진다. 냄비 이야기는 여기까지.

조리 도구 2탄 : 프라이팬

프라이팬은 냄비 못지않게 자주 사용하는 조리 도구다. 형태에 따라 몇 가지가 있다. 크게 평평한 것과 우묵한 것으로 나뉜다.

● 　손잡이가 하나인 냄비는 양수 냄비와 대비하여 편수 냄비라고 부른다.

먼저, 평평한 프라이팬.

요즘 프라이팬은 크기로 표현한다. 내가 사용하는 프라이팬을 재보니, 가장 큰 것의 지름이 32cm다. 철판 두께를 제외한 내경(內徑)의 길이다. 그다음 작은 것이 28cm다.

28cm가 생기기 전에는 32cm를 자주 사용했다. 많은 양을 한 번에 부치거나 조리할 수 있어서 편했다. 그런데 28cm가 생기고 나니 32cm는 뒷전으로 밀렸다. 너무 커서 다루기가 불편하기 때문이다. 28cm면 대부분의 2인분 음식은 한 번에 조리할 수 있다. 그 밖에 22cm짜리와 20cm짜리가 있다. 불과 2cm 차이지만 사용할 때는 그 차이가 꽤 크게 느껴진다. 22cm에 부친 전은 한 장의 크기가 적절하다. 반면 20cm에 부치면 확연히 작다.

내가 갖고 싶은 것 중에는 달걀말이용 네모난 프라이팬이 있다. 달걀말이가 왜 그렇게 어려운가 하다가 어느 날 TV를 보니, 네모난 프라이팬이 있는 게 아닌가. 바로 마트로 달려가고 싶었지만 아내의 만류로 참았다. 그리고 오늘까지 구입하지 않았다. 이유는 사용 빈도와 보관 문제다. 언젠가 꼭 사고 싶다.

그다음 살펴볼 것은 웍(wok)이다. 앞에서 말한 프라이팬들이 평평한 형태라면 이 웍은 움푹 들어간 프라이팬이다. 볶을 때 사용하면 아주 편하다. 요즘 TV 프로그램에 이 웍을 사용하는 모습이 자주 등장해서 사람들한테도 익숙해졌다. 손목 스냅을 이용해서 웍 안의 내용물을 뒤섞는 기술은 이제 더 이상 기술도 아니게 되었다. 과거에는 이 웍을 두꺼운 무쇠로 만들었던 모양인데, 요즘 나오는 웍은 평평한 프라이팬과 마찬가지 재질인 듯하다. 코팅도 되어 있다. 그러니까 무쇠 웍처럼 막 다루면 곤란하다.

프라이팬을 관리할 때 반드시 염두에 두어야 할 사항이 있다. 설거지 문제다. 과거에 환경보호 차원에서 프라이팬은 사용하고 난 후 기름을 신문지로 닦으라고 한 적이 있다. 그런데 이렇게 하면 안 될 듯하다. 요즘 프라이팬은 조리하는 표면에 코팅이 되어 있어서다. 웍도 마찬가지다. 거칠게 구긴 신문지로 닦다가 이 코팅이 벗겨지면 프라이팬의 수명은 다하게 된다. 그러니까 설거지에 앞서 부드러운 주방용 티슈(키친타월)로 기름을 닦아낸 후 설거지를 하는 것이 좋다. 그러면 프라이팬에 기름 더께가 앉지 않는다.

프라이팬을 효과적으로 사용하기 위해서는 뚜껑이 필요하다. 드물게 뚜껑이 딸려 나오는 프라이팬도 있지만 거의 모든 프라이팬은 뚜껑이 없다. 음식을 처음 만들 때 프라이팬 뚜껑이 없어서 냄비 뚜껑을 사용했는데 여러모로 불편했다. 그러다가 유리와 실리콘으로 된 뚜껑을 샀더니 세상 편해졌다. 이 뚜껑은 프라이팬의 '필수템'이다.

프라이팬은 '보급형'인 T사 제품을 사용한다. 큰 불편함이나 아쉬움은 없지만 조금 더 좋은 프라이팬을 갖고 싶다. 냄비나 프라이팬이나 좋은 도구를 욕심내는 것을 보니, 확실히 이 길로 들어선 모양이다.

3장

만두는 추억을 싣고

어머니가 좋아하시던 음식

。

어버이날을 며칠 앞두고 있다. 부모님 살아 계실 때, 어버이날 부모님 댁에 가면서 구시렁거렸던 생각이 먼저 난다.

'평소에 효도 좀 하지, 오늘 다 움직여갖고 이렇게 길을 막히게 해.'

사돈 남 말이었고, X 묻은 개의 헛소리였다.

내가 우리 집 주방을 전적으로 책임진 지 3년이 되었다. 거의 모든 여성들이 이 일을 하지만, 실제로 해보면 쉬운 일이 아님을 알게 된다.

매 끼니 무언가 다른 음식을 준비해서 먹으려면 노력이 많이 필요하다. 음식을 실제로 만드는 단계가 다가 아니다.

먼저 재료부터 생각해야 하니까, 장보기 전부터 신경 써야 한다. 그뿐만 아니라 음식이 남지 않도록 적절하게 만들어야 하고, 재료가 상하지 않도록 관리도 해야 한다. 먹을 수 있는 음식을 만들어야 하는 것은 기본 중의 기본이다.

그런데 요즘 반찬을 만들다 보니 어머니가 해주시던 반찬이 종종 생각난다. 많은 자식들 탓에 매 끼니 평균 여섯 명쯤 되는 인원의 식사를 준비하시는 게 보통 일이 아니었을 것이다.

수제비나 칼국수 2인분을 하려 해도 머릿속으로 과정을 생각하기 바쁜데 6인분이라니. 수제비 국물을 준비하는 것도 큰일이고 밀가루 반죽을 떼어 넣는 것도 큰일이다. 내가 세상 쉽다고 생각하는 카레만 해도 그렇다. 감자와 당근, 양파를 준비하는 게 벌써 큰일이다. 2인분이야 소꿉장난하듯 어찌어찌해 볼 수 있지만 그것의 세 배를 만드는 일은 노동이라 불러도 과하지 않다.

게다가 형제들의 식성도 제멋대로였으니. 돼지고기를 먹지 않는 둘째(나), 생선을 싫어하는 셋째, 닭고기를 전혀 안 먹는 다섯째. 이 인간들의 식성을 모두 맞추려면? 어머니

어머니는 무얼 좋아하셨더라.
음, 연시감… 음, 음.
딸기와 아이스크림.

가 힘들어하시는 건 생각하지 않고 이상하게 키우셨다는 헛
소리나 해댔으니, 나 원 참.

밑반찬 만들기도 보통 일이 아니었을 것이다. 요즘, 도
시락 반찬이 될 만한 오징어채무침과 두부조림, 달걀말이, 감
자채나물 등을 만들다 보면 특히 어머니 생각이 난다. 지금
살아 계시면 주방일에서 해방시켜 드릴 텐데, 이렇게 늦게 철
들고 보니 어머니는 안 계신다. 입으로만 외던 "반중 조홍
감…"*이 현실이 된 지 오래다. 효심 때문에 이런 생각이 드

●   조선시대 노계 박인로(1561~1642)의 대표작인 〈조홍시가(早紅枾歌)〉
를 말한다. "반중 조홍감이 고와도 보이나다. / 유자 아니라도 품음 직도
하다마는 / 품어 가 반길 이 없을새 글로 설워하나이다."

171

는 게 아니라 뒤늦게 철이 들었기 때문이다. 이렇게라도 철이 들면 다행일까. 잘 모르겠다.

아주 가까이 있는 존재는 의외로 그 가치를 정확하게 알기 어렵다. 어머니의 수고로움도 그런 것이리라. 시간이 조금 더 지나면 반찬 투정하는 나에게 30년 가까이 음식을 준비해 주었던 아내의 수고도 알게 될까.

음식 타령을 하다 보니 문득 아내가 좋아하는 음식과 반찬이 무얼까 하는 데에 생각이 미쳤다. 자, 생각해 보자. 구운 소고기, 갈치구이, 어묵탕. 또 뭐더라. 간신히 세 가지밖에 못 댄다는 건 이상하다. 아, 육개장 비슷한 소고깃국. 자, 한 가지 더. 그래, 두부조림. 자, 하나만 더. 음, 음. 오징어볶음. 30년 넘게 산 아내가 좋아하는 음식 몇 가지 떠올리는 게 이렇게 힘들어서야….

어머니는 무얼 좋아하셨더라. 음, 연시감… 음, 음. 딸기와 아이스크림. 두 가지도 떠올리기가 어렵다. 음식을 차려 드릴 수 없으니 노래라도 한 곡 불러드려야겠다.

"높고 높은 하늘이라 말들 하지만 / 나는 나는 높은 게 또 하나 있지 / 낳으시고 기르시는 어머님 은혜…"

지금 살아 계시면 어버이날에 너비아니를 잘 구워서 드릴 텐데. 후식으로 약식도 만들어드리고.

돼지고기 트라우마

o

나는 고기를 별로 좋아하지 않는다. 그러니 고기에 대해 잘 알지도 못한다. 기껏 안다는 게 장조림용으로 쓰는 홍두깨살 정도다. 내가 고기를 좋아하지 않는 큰 이유는 돼지고기를 먹지 않기 때문이다. 그러다 보니 소고기도 멀리했다. 지금은 쉽게 소고기, 돼지고기를 구분하지만 어렸을 때는 구분이 쉽지 않았다. 그래서 돼지고기로 의심 가는 모든 음식은 피하려고 했다. 부모님은 한동안 "이건 틀림없이 소고기"라며 설득을 하셨지만 나는 막무가내였다. 외로운 투쟁(?) 끝에 결국 고기로부터 자유를 얻었다. 다만 닭고기는 돼지고기와 확연히 달라서 굳이 마다하지 않았다.

여기서 내가 돼지고기를 먹지 않게 된 '사연'을 짧게 옮겨본다.

예닐곱 살 무렵이었다. 할아버지가 몸이 편찮으셔서 시골로 요양을 가셨다. 화양리*라 불리던 곳이었는데, 지금은 홍대 앞 못지않게 번화한 곳이 되었다. 조부모님이 묵으시던 숙소 바로 옆에 돼지우리가 있었다. 이것이 문제였다. 어느 날 나는 돼지가 먹이를 먹는 모습을 보고 말았다. 상세하게 설명하는 것은 나도 불편하고 읽는 분들도 불편할 것 같아 생략한다.

심하게 놀라서 그랬는지 한동안 그날의 기억이 너무나 또렷했다. 돼지가 먹이를 먹는 모습을 보고 돌아섰을 때 누렇고 붉게 빛나던 석양이 지워지지 않는 화인처럼 남아 있다. 나는 그냥 그렇게 돼지고기를 먹지 못하게 되었다. 알레르기 때문도 아니고, 돼지고기를 먹는다고 탈이 나는 것도 아니다. 다만 충격적인 모습 때문에 정신적으로 받아들이지

• 화양리라는 명칭 때문에 나는 그냥 시골로 생각했다. 정보 검색을 해보니, 이곳은 행정구역상 서울 화양동임에도 '화양리'라고 불린다고 한다. 특이하다. 1949년부터 이미 서울이었다.

못하게 된 것이다.

　나중에 소고기만 먹는 나를 보고 "팔자 좋다"라고 이야기하는 사람을 보았다. 속으로는 '너도 한번 그렇게 돼봐라, 얼마나 불편한가' 하면서도 그냥 웃어넘긴다. 아무튼 나는 유대인처럼 돼지고기를 안 먹는, 못 먹는 사람이 되고 말았다. 요즘은 설명하기가 조금 쉬워졌다. 사람들이 트라우마(Trauma)라는 단어를 잘 알기 때문이다.

　그런데 결혼 직후 깜짝 놀랄 일이 벌어졌다. 아내의 어머니, 즉 장모님도 돼지고기를 전혀 안 드시는 것이다. 내가 생애 두 번째로 본 돼지고기를 '전혀, 도무지, 완전히' 안 먹는 사람이었다. 나는 그 사실을 알고는 느닷없이 장모님께 감사의 마음이 끓어올랐다.

　장인어른을 비롯해 처가 식구들 모두 합리적이고 관용적이지만 장모님 사례가 없었다면 "박 서방은 왜 돼지고기를 먹지 않나" 하고 누군가는 궁금증을 표현하고, 나는 떠올리기 싫은 기억을 설명해야만 했을 것이다. 하지만 장모님 덕에 그 불편한 통과의례는 거칠 필요가 없어졌다. 발언권이 세신 장모님 덕에⋯. 중국집에서 탕수육을 시켜도 신경 쓸 일이 없고, 처음 보는 음식을 접해도 장모님 곁에서라면 신경 쓸 필요가 없고, 처갓집에서는 아예 돼지고기를 볼 일도 없다. 핵우산이라는 표현을 빌려오면 나는 '돼지고기 우산'을 쓴 셈이다.

사연 없이 결혼하는 사람이 얼마나 될까마는 나도 6년여의 연애 기간 동안 사연이라면 사연이 있었다. 그 때문에 결혼하면서 인연을 떠올렸다. 그때 떠올린 인연의 끈이 실 몇 가닥을 꼰 것이었다면, 장모님의 '돈육불식(豚肉不食)' 식성을 알게 되었을 때 다시 떠올린 인연의 끈은 마닐라삼으로 굵게 만든 밧줄 같은 것이었다.

발 없는 김밥과 장모님

。

'김밥 전문점'이라는 특이한 전문점은 언제 생겼던가. 요즘 가장 눈에 많이 띄는 김밥 전문점(과거의 분식집)은 김가네김밥이라는 체인점이 아닐까 한다. 바르다김선생도 있지만 수적으로는 김가네김밥이 더 많아 보인다.

10여 년 전에는 이들보다 강력한 브랜드도 있었다. 김밥천국. 세상에, 김밥과 천국이라는 두 단어를 조합해서 하나의 상호를 만들다니. 특정 종교와 연관됐다는 소문보다 더 강력한 이 김밥집의 특징은 아주 저렴하다는 것이었다. 가장 싼 김밥 가격이 1천 원. 1천 원 앞에 수식어를 빼먹었다. 단돈 1천 원. 저가 전략이 먹혔는지 우후죽순처럼 동네

마다 생겨났다. 지상에 천국이 도래한 수준이었다. 그런데 이제는 좀체 찾아보기 힘들다. 그 많던 '천국'은 어디로 갔는지 궁금하다.

천국보다 더 오래된 가게도 있었다. 종로김밥. 아마도 이 상호가 김밥 체인점의 첫 번째가 아닐까 싶다. 이 체인점과 종로 거리 사이에는 어떤 연관이 있었을까. 종로에 있던 종로서적*과는 무언가 다른 사연이 있었겠지. 이 종로김밥도 내 초등학교 시절인 1960~1970년대에는 없었다. 그 시절 김밥은 지금처럼 먹을 게 없을 때 대충 한 끼 때우는 음식이 아니었다. 주로 소풍날 먹는 별식이었다.

특별한 음식인 만큼 만드는 과정도 단순하지 않다. 밥을 식초에 버무려야 하고, 안에 들어가는 재료를 하나하나 준비해야 한다. 달걀, 단무지, 우엉, 시금치, 당근, 오이, 소시지나 햄 등등. 김을 펼치고, 그 위에 밥과 온갖 재료를 얹은 다음 옆구리가 터지지 않게 만다.

• 오랜 세월 종로2가 약속 장소의 핵심이었던 서점. 핸드폰이 없던 시절. 서점 앞 메모판에는 약속 메모가 가득했다.

어머니가 만들어주시던 우리 집 김밥에는 특징이 있었다. 볶은 소고기가 들어가는 것이다. 양이야 많지 않지만, 김밥에 들어가는 고기는 김밥 전체를 지배한다. 어머니의 '정성 김밥'의 한 가지 단점은 속도가 느리다는 것이다. 하긴 여러 자식들의 김밥을 한꺼번에 싸시는 것이 어디 쉬운 일이었겠는가.

어머니의 김밥을 기억하는 나는 김밥 전문점의 김밥 싸는 아주머니들을 특별한 눈으로 쳐다본다. 관심의 주안점은 '어떻게 저렇게 빨리 쌀까?' 하는 것이다. 비닐장갑을 낀 손으로 솥에서 밥 한 주걱을 푹 뜬다. 펼쳐진 김 위에 밥을 놓고 빠르게 눌러 편다. 주문받은 김밥 종류에 따라 들어갈 재료를 넣는다. 참치, 볶은 멸치, 볶은 소고기, 그리고 기본에 해당하는 단무지와 당근, 부친 달걀 등등. 재료를 넣는 속도도 아주 빠르다. 이 전문가의 행위에서 김밥은 옆구리가 터지지 않는다. 아주 드물게 옆구리가 터질 경우, 조각 김을 덧대서 수술을 한다. 그것 역시 놀랍다.

김밥을 한 줄만 사는 사람은 별로 없는지 한 번에 적어도 두 줄 이상은 만다. 다음은 썰기. 두 줄의 김밥에 기름을 바른다. 김밥을 정렬한 다음 한꺼번에 두 줄을 썬다. 두 줄 썰기, 다시 한 번 전문가의 느낌이 풍겨난다. 그러고는 준비된 종이 상자에 넣기. 여기까지가 김밥 만들기의 과정이다. 나야 놀랍다고 길게 서술했지만 하루 종일 김밥 싸기를 반복하는 사람에게는 지루한 단순노동일 것이다. 그런데 얼마 전 이 무한 반복 과정이 나를 다시 한 번 놀라게 했다.

늘 가던 김밥 가게에서 김밥 두 줄을 주문한 나는 영혼이 없는 눈빛으로 김밥 싸는 아주머니를 쳐다보고 있었다. 낯이 설다. 이전의 '전문가들'보다는 훨씬 젊어서 내공이 조금 부족해 보이는 아주머니. 그런데… 여기서 믿기 어려운 장면이 펼쳐졌다. 김밥을 마는 데 필수 요소인 '발'이 없는 것이다.

국어사전에서 "가늘고 긴 대를 줄로 엮거나, 줄 따위를 여러 개 나란히 늘어뜨려 만든 물건"이라고 정의한 발. 소풍 날이면 주방 어딘가에 숨어 있다 어김없이 나타나서 김밥을 말던 발.

젊은 아주머니는 그 발 없이 도마 위에 김을 펼쳐놓은 후 비닐장갑 낀 손으로 김밥을 말고 있었다. 오래전 전설 속에 존재하다 사라져버렸음 직한 '무발신공' 김밥 말기가 눈

장모님을 위해
보통 김밥과는 전혀 다른
주문자 맞춤 김밥을 만들었다.

앞에서 펼쳐지고 있는 것이다. "발 없는 말이 천 리 간다"라
는 소리는 들어봤어도 발 없이 김밥 마는 모습은 그날 처음
보았다.

　김밥 하면 떠오르는 또 한 분이 계신다. 바로 나의 장모
님. 결혼 직후 처갓집 집들이를 하던 날이다. 내가 왜 그날
장모님을 위해 김밥을 말겠다고 했는지는 기억에 없다. 나
의 장모님은 꺼리시는 음식이 몇 가지 있어서 처가 식구들은
비위를 맞추기 어렵다고들 했는데 나는 아마도 그 반대로
생각했던 것 같다. 일종의 동지 의식이라고 할까. 장모님은
나와 마찬가지로 돼지고기를 안 드셨으니까.

　장모님은 신맛이나 단맛 나는 음식도 별로 안 좋아하

서서 시큼 달달한 파는 김밥을 꺼리셨다. 그래서 나는 설탕은 아예 섞지 않고 식초만 조금 넣어 밥을 버무렸다. 밥도 일부러 현미로 했다. 소시지와 햄도 물론 넣지 않았고 볶은 소고기를 조금 넣었다. 보통 김밥과는 전혀 다른 주문자 맞춤 김밥을 만든 것이다. 요즘 어떤 광고에서는 이렇게 만든 음식의 재료가 '정성'이라고 주장한다. 과장 광고인 것 같기도 하고 아닌 것 같기도 하다.

식사 때 김밥을 안 드시던 장모님께 나는 '박 서방표 특별 김밥'의 재료와 조리 과정을 설명드렸다. 그제야 장모님은 김밥을 드시기 시작했다. 맛이 있네, 우리 사위 최고네 등의 칭찬이 이어졌다.

이 칭찬은 그 후에도 여러 차례 반복되었다. 장모님은 처갓집 모임에서 음식 관련한 이야기가 나오면 수시로 당신이 드신 김밥 중 박 서방이 만들어준 김밥이 가장 맛있었다고 하셨다. 정말 그랬을까. 그때까지 라면을 빼고는 음식을 만들어본 적이 거의 없는 사위가 처음으로 만든 김밥. 서툴기 짝이 없는 김밥을 장모님이 가장 맛있는 김밥으로 기억하시는 이유는 무엇이었을까. 발 없이도 김밥을 마는 김밥 전문점 아주머니의 능숙함에는 없는 그 무엇이 내가 만든 김밥에는 있었고, 장모님은 그걸 꿰뚫어보셨는지도 모르겠다.

불고기 대 구운 고기

결혼 전 우리 부부는 식성이 많이 달랐다. 연애할 때 아내가 설렁탕을 처음 먹어본다고 했던 것은 시작에 불과했다. 나는 처갓집에서 육개장 비슷한 '소고깃국'을 처음 먹어보았다. '오그락지'라는 반찬도 몰랐고 '갱시기'도 처음 보았다. 아내는 토란을 처음 먹어보았고, 내가 사랑하는 뱅어포를 징그럽다고 멀리했다.

아내는 어묵을 '모옵시' 좋아했고, 나는 그저 그랬다. 아내의 성화에 일부러 고속도로 휴게소까지 어묵을 먹으러 간 적도 있다. 나는 감자를 병적으로 좋아했고, 아내는 마지못해 먹는 정도였다. 나는 삼시 세 끼, 이틀간 여섯 끼 정도는 감자만 먹으라고 해도 아마 먹을 것이다.

이렇게 다른 식성 때문에 여러 차례 다투기도 했다. 만약 계속해서 자기주장만 내세웠다면 사달이 났을 것이다. 미숙한 부부였던 우리는 꽤 오랜 시간에 걸쳐 음식을 조율했다.

지금은 이렇다.

토란국 국물만 먹던 아내는 이제 건더기도 잘 먹는다. 나는 소고깃국을 더 이상 멀리하지 않는다. 오그락지가 무말랭이의 사투리라는 것을 알게 됐다. 내가 음식을 책임진 후 간혹 갱시기를 만들기도 한다. 갱시기는 밥에 김치와 야채, 떡국떡을 넣고 끓인 음식이다(지역마다 만드는 방법에 차이가 좀 있는 모양이다). 이렇게 성의를 다해도 아내는 오리지널과 다르다며 통박을 한다. 그래도 잘 먹는다.

아내는 여전히 감자 반찬을 별로 좋아하지 않지만 프렌치프라이와 감자채나물 정도는 좋아한다. 나는 어묵을 예전보다 더 좋아하게 되었고, 아내는 전처럼 광적으로 좋아하지는 않는다. 내가 가끔 만들어주는 어묵탕에 아주 만족해한다.*

끝으로 한 가지 더. 결혼 초에는 우리 둘 다 거의 먹지 않았던 음식을 함께 좋아하게 된 경우도 있다. 닭갈비(철판 볶음식)와 하얀 순두부를 먹으러 춘천과 강원도 일대를 두루 돌아다니게 된 것이다.

이렇게 아내와 내가 식성을 조율하는 데는 상당한 시간과 인내가 필요했다. 대부분 조율이 끝났으나, 몇 가지는 아직도 조율 중이다. '해피엔딩'이 아니라 '해피-ing'라고 할까.

또 한 가지.

아내는 고기를 무척이나 좋아했다. 나는 돼지고기도 안 먹지만, 소고기도 별로 즐겨 먹지 않았다. 아내는 고기를 그냥 구워 먹는 걸 좋아했다. 그러면서 자신의 어릴 적 별명이 '고기 호랭이'라고 했다. 용띠도 무서운 판에 이번엔 호랑이다. "범 내려온다~." 나는 소금구이를 조금 먹기는 했지만 그밖에는 양념에 잰 불고기만 먹다시피 했다. 그것도 고기는

• 레시피라야 별거 없다. 멸치 육수에 먼저 무와 다시마를 넣고 끓인다. 어묵을 통째로 넣거나 적당한 크기로 잘라 넣는다. 간은 국간장과 소금으로 맞춘다. 청양고추가 있으면 두 개쯤 썰어 넣는다. 파를 좀 넣고 한소끔 더 끓인다. 고추냉이 양념장을 곁들여 낸다. 큰 어묵은 모조리 아내에게 퍼준다. 끝.

많이 안 먹고 불고기 국물에 밥 비벼 먹는 것을 좋아했다. 둘 사이의 접점은 옛날에 사용하던 구멍 뽕뽕 뚫린 불고기 철판에 대한 기억 정도였다.

그러자니 불고기와 구운 고기 사이에도 갈등이 있었다. 이 갈등은 내가 아내를 따라 구운 고기를 먹기 시작하면서 가라앉았다. 결혼 3~4년 무렵 아내의 영향으로 고기 먹는 훈련이 되면서 한동안 고기를 많이 먹었다. 집에서 소고기를 구워 먹을 때 우리 부부는 저녁 식사 한 끼에 한 근(600g)이 훨씬 넘는 양을 먹은 적도 있다. 나야 술 먹는 재미에 고기도 먹은 것이지만, 아무튼 둘이서 상당량의 고기를 먹었다.

그 무렵 새로운 사실을 알았다. 외식할 때면 나는 양념 갈비를 골라 먹었는데, 고기 먹을 줄 모른다는 소리를 들은 것이다. 하긴 나도 이상하다고 생각했다. 손도 많이 가고 양념 만드느라 재료비도 더 들었을 텐데 왜 양념갈비가 생갈비보다 싼 걸까. 답은 의외였다. 생갈비 고기의 질이 양념갈비보다 더 좋기 때문이라니. 고기 음식점마다 예외가 없는 것을 보고 확실히 알았다. 양념갈비는 양념으로 무언가를 가릴 수 있는 것이다. 생갈비는 적나라하게 드러나고. 그 후

가족 중 한 명이 갈빗집을 할 때 설명을 직접 듣고는 더 이상 의문을 갖지 않았다.

나는 장모님과 함께 고기를 먹으러 간 자리에서도 내 식성을 굽히지 않고 양념갈비를 시켰다. 장모님은 불만이 크셨다. 어차피 돈 쓰고 먹는 외식인데, 질 좋은 생갈비를 마다하고 어리석게 양념갈비를 먹느냐고. 하지만 돼지고기를 안 먹는다는 두 사람 사이의 유대가 얇은 방어막 노릇을 해주었다. 중과부적, 어린 처조카가 나를 좇아서 덩달아 양념갈비를 먹은 것도 조금은 도움이 되었다. 그 조카와 나의 양념갈비 동맹은 30년이 지난 지금도 유효하다.

세상에서 제일 맛있는 고기

o

고기를 선호하는 양상도 시대에 따라 달라진다. 요즘 사람들은 스테이크를 먹는 일이 전보다 훨씬 잦아졌다. 심지어 나도 스테이크를 먹는 일이 가끔 있을 정도니까 말이다. 나는 등심보다 안심스테이크를 좋아한다. 씹는 맛이 덜해도 부드럽기 때문이다. 굽기는 미디엄웰던을 선호한다. 피가 비치는 게 싫어서다. 아내의 스테이크를 떼어 먹어보면 더 맛있다고 입에서는 느낀다. 미디엄이나 미디엄레어다. 그래도 피가 보이는 건 싫다. 싫은 건 싫은 거다.

나처럼 고기 비전문가에게 아주 쉽게 고기를 선택할 수 있도록 한 식당이 있었다. 내가 전에 살던 동네의 식당인데 그 규모가 아주 컸다. 새로 문을 열고 얼마 안 되었을 때 식당을 찾았다. 깨끗하고 친절했다. 주메뉴가 궁금했다. 호텔 메뉴판처럼 두껍게 접힌 메뉴판을 갖다 준다. 펼쳐보았다. 어? 푸훗. 맨 위에 적혀 있는 메뉴 이름을 보고 웃지 않을 수 없었다.

'세상에서 제일 맛있는 고기'.

누구의 발상인지 신선하고 기발했다. 나처럼 고기를 잘 모르는 사람도 쉽게 선택할 수 있는 메뉴였다. 내가 그 메뉴를 선택하자 아내가 불만처럼 이야기했다. 평소 같으면 뭔가 또 의심할 꼬투리를 잡을 사람이 왜 그렇게 쉽게 선택하느냐는 것이다. 꼼꼼히 따져도 불만, 시원시원하게 결정해도 불만. 나는 어떡해야 하는가. 내가 설명했다.

"가격을 봐. 믿을 만하게 비싸잖아. 세상에서 제일 맛있는 고기의 가격이 다른 고기들 수준밖에 안 돼봐, 믿을 만한가."

아내는 억지라며 어이없어했다.

나무 접시 위에 고기를 담아 내왔다. 무게에 맞춰 내는 것이겠지만 양이 많지 않아 보였다. 나는 잘 알지 못하면서 괜히 아내에게 마블링이 어쩌고 한마디 했다. 다른 고기보다 하얀 기름이 조금 많은 듯했다. 고기를 구워서 먹어보았다. 좋은 고기였다. 부드럽고, 어금니로 배물자 육즙이 흘러나왔다. 씹는 맛이 있지만 질기지 않았다. 가격을 생각했다. 별로 아깝지 않았다. 요즘 같으면 질문이 하나 추가될 법하다. 재방문 의사 및 메뉴 재선택 의사가 있는가. 답은 "그렇다"였다. 우리 부부는 그 고기를 '세맛고'로 줄여 부르기 시작했다. 비싼 가격 때문에 많이는 못 먹고 조금 더 시켜 먹었다.

나오면서 물었다.

"누가 메뉴 이름을 지으셨나요?"

주인인 중년 여성은 너스레를 떨지 않고 눈으로 웃었다. 더 묻고 싶었지만, 아내의 눈치가 보여서 그냥 나왔다. 집에 오는 길에도 세맛고에 대해 이야기했다. 그 후로도 여러 차례 그 식당을 찾았다. 워낙 식당이 넓어서, 사람이 많아도 복잡한 느낌은 별로 없어서 좋았다.

2~3년쯤 지난 어느 날 식당 한쪽 공간에 어린이용 놀이 시설이 생겼다. 다른 큰 갈빗집들처럼 어른들이 식사하는 동안 아이들이 와서 놀라는 것이었다. 이것이 신호였나 보다.

그 놀이 기구는 줄어드는 손님을 잡으려는 자구책이었던 모양이다. 오래지 않아 그 식당은 문을 닫았다. 세맛고는 먹을 만큼 먹었지만, 그 이름을 부를 일이 없어진 점은 아쉬웠다. 재미있는 이름이었는데….

그 후 더 비싸고, 더 질이 좋은 고기도 먹어보았다. 하지만 세맛고처럼 관심을 끄는 고기는 만나지 못했다. 스테이크의 전성기처럼 여겨지는 요즘이지만 그런 독특한 고기를 만나기는 쉽지 않을 것 같다. 내가 드물게 기억하는 고기에 관한 추억이다.

명절과 헛제삿밥

○

명절이란 무엇인가. 명절은 무형(無形)의 그 무엇이다.

이 무형의 존재는 여러 가지를 통해 모습을 드러낸다. 조상님들의 제사를 모시는 것과 같은 의례(儀禮), 특별한 의복(衣服), 그리고 명절 음식 등이 그것이다. 명절은 자신이 중요하게 생각하는 어떤 가치와의 연결을 확인하고 되새기는 때다. 이 가치는 자신의 뿌리[根本]와 깊이 연관된다. 내가 사는 한반도의 사람들은 조상님들을 가장 중요한 가치로 생각한 모양이다. 자기 자신의 역할도 중요하겠지만, 조상님들이 길흉화복을 좌우한다는 생각을 깊이 한 듯하다.

나는 무형의 명절을 유형(有形)으로 각인시키는 첫 번

째 요소로 음식을 꼽는다.

구체적인 예를 들어본다. 향수병이라는 것이 있다. 자기가 태어나 살던 고향을 떠나 이국에 오래 살다 생기는 병이다. 자신의 고향이 못 견디게 그리워지는 병이다. 이 병에 걸린 사람이 "제사를 지내고 싶어 죽겠다", "설빔이 입고 싶어 미치겠다"라고 했다는 말은 들어보지 못했다.

그들이 나타내는 증세는 이런 것이다. '저 보름달을 보니 송편이 너무 먹고 싶다', '여기 사람들은 오늘이 음력으로 정월 초하루인 줄 모를 거다. 지금쯤 우리 집에서는 다들 떡국을 먹고 있을 텐데. 엄마가 해주시던 약식도 먹고 싶다.' 그렇다. 명절은 그렇게 음식을 통해 형태를 부여받는다. 그것도 특별한 음식을 통해.

나는 천주교 집안에서 태어났다. 나의 조상님들이 천주교를 믿기 시작하신 것은 19세기 중반 박해가 절정에 달할 무렵 혹은 그 직후로 짐작된다. 시간이 지날수록 그 뿌리는 깊어졌다. 나의 아버지 대에 와서는 '완성'되었다고 해도 좋을 만큼 그 뿌리가 깊고도 단단해졌다. 그 바람에 나는 이제까지 한 번도 제사 지내는 모습을 직접 본 적이 없다.

대학에서 공부를 하면서 나는 제사가 늘 궁금했다. 나의 전공과도 연관이 있기 때문이었다. 하지만 적극성 부족으로 그 기회를 갖지 못했다. 서양 유일신교(천주교, 개신교, 정교회 등)의 여러 '제사' 모습은 보았지만 정작 우리 사회의 제사 모습은 보지 못했다. 제상(祭床) 차리는 여러 기준 중에 홍동백서, 어동육서, 조율이시, 좌포우혜 정도만 들어봤을 뿐이다.

1990년대 초반, 본격적으로 여행을 다니기 시작할 때였다. 그해 여름휴가에는 안동을 여행하기로 했다. 도산서원, 하회마을(물도리동), 서애 유성룡 대감 생가, 하회탈 등이 여행 안내서에 나오는 주요 내용이었다. 거기서 나의 관심을 끄는 것이 있었다. 헛제삿밥. 제사면 제사지 헛제사는 도대체 뭘까. 헛제삿밥은 바로 이 여행의 목적에 등록되었다.

찾아가 보니 명불허전, 도산서원은 도산서원이었다. 생각보다 규모가 컸고 건물에서도 자부심이 느껴지는 듯했다. 서애 대감의 고택도 멋졌다. 서애 대감이《징비록》에서 희망한 대로 후세들이 정신 차리고 징비(懲毖)하며 사는지 궁금했다. 하회탈은 하회탈이었다. 탈의 유래를 모르고 외형만

맛있었다.
담백한 맛이란 무엇인가를
깊이 체험하는 순간이었다.

보아도 웃음이 났다.

　약 30년 전이라 기억이 희미하긴 하나 내가 헛제삿밥을
만나던 날은 무척 더웠다. 제삿밥에 대한 아내의 설명과 크
게 다르지 않았다. 밥이었다. 비빔밥. 내 기억에 지금 남아 있
는 것은 무나물이다. 무나물은 내가 잘 먹지 않던 나물이라
망설였다. 다른 나물들은 모두 내가 먹던 나물들이라 오히
려 기억이 희미하다. 열심히 비볐다. 아주 맛있었다. 고추장
이 없어서 맛이 단순하게 느껴졌다. '담백하다'의 의미를 깊
이 체험하는 순간이었다. 국이 곁들여 있었는데 그 종류는
기억이 나지 않는다. 그릇은 놋쇠 그릇이었고 수저도 그러
했다.

　밥을 먹으면서 알았다. 제사를 지내고 나면 제삿밥을

먹는데, 헛제삿밥은 제사는 지내지 않고 그 제삿밥과 유사한 음식을 차려 먹는 것임. 비록 헛제삿밥을 먹었으나 나는 제사를 지내고 난 사람처럼 의무감에서 해방되었다. 한반도에 살면서 제사를 전혀 모른다는 부담에서 조금이나마 놓여난 느낌이었다.

명절에 처갓집에 가면 무나물이 있다. 큰집에서 제사 지내고 남은 음식을 싸준 것이다. 내가 처음 먹어보는 배추전도 있다. 고추장은 없고 간장이 있다. 다른 나물들과 함께 비벼 먹는다. 속으로 생각한다. 나는 제사를 지내지 않았다. 그렇다면 지금 내가 먹는 이것은 제삿밥인가, 헛제삿밥인가.

할머니는 따로 소고기만두를 빚으셨다
。

나의 할아버지와 할머니는 평안도 출신 분들이셨다. 어렸을
적 조부모님과 함께 살았는데 겨울이면 만두와 빈대떡을 자
주 먹었다. 늘 당신이 음식 솜씨가 없다며 겸손해하시던 할머
니가 만드신 음식이었다. 두 음식의 기본 재료에는 돼지고기
가 포함된다. 그런데 나는 예닐곱 살 무렵 돼지 키우는 모습
을 보고 트라우마가 생겨 돼지고기를 먹을 수 없게 되었다.

처음에 할머니는 이런 나를 야단치셨다. 먹는 걸 가리
면 안 된다는 게 이유였다. 1896년생다우신 가르침이었다.
그 가르침은 오래 계속되지 않았고, 할머니는 편식하지 말
라는 가르침을 포기하셨다. 배우는 학동의 자세가 안 돼먹

어서 가르침의 효과가 없다고 판단하셨는지 모르겠다. 아니면 '다른 이유'가 있었나.

그 후 할머니는 나를 위해 소고기를 넣은 만두를 따로 빚으셨다. 할머니 만두의 기본은 모자형이었는데 내 만두는 반달형이었다. 쉽게 구분할 수 있었다. 소고기를 넣은 할머니의 만두, 이제는 내가 직접 만드는 명절 음식이 되었다. 할머니는 또 돼지고기를 얹지 않은 빈대떡도 한두 장 부쳐주셨다.

나는 할머니를 도와, 물에 불린 녹두를 맷돌에 갈았다. 주전자 뚜껑으로 만두피를 찍어내서 만두를 빚기도 했다. 그 경험과 기억이 어쩌면 지금 내가 음식을 만드는 씨앗인지도 모른다.

기억을 더듬어보면 나의 어머니는 손이 빠른 분이 아니셨다. 음식 하시는 것도 마찬가지였다. 더군다나 오십 대 후반에 크게 아프신 후에는 몸놀림이 더 느려지셨다. 그럼에도 명절에는 꼭 해야 하는 음식이 있었다. 설의 떡국과 추석의 토란국, 그리고 약식이다. 떡국과 토란국은 주식에 속하니 그렇다 쳐도 왜 약식이 매번 거기서 나오는지 이해하기 어려였다.

몸이 불편하니 집중력도 떨어지셔서 약식은 타버리기 일쑤었다. 어머니의 사랑에 감사하며 탄 부분을 떼내고 먹으며 덕담을 나누는 일은 드라마에만 존재했다. 나는 "사먹으면 되는데 왜 그렇게 힘들게 만드세요!"라며 못된 아들 노릇을 톡톡히 했다. 타버린 그 약식에 보통 약식에는 없는 '다른 이유'가 있다는 생각을 하지 못했다. 더 이상 지상에 존재하지 않는 타버린 약식. 나에게 남은 어머니의 음식이다.

결혼 첫해 추석. 처갓집에서 저녁을 함께 먹는 자리였다. 밥상에 토란국이 놓였다. 토란국이 밥상머리의 화제가 되었다. 그리고 나는 알았다. 처가 식구들은 그날 토란국을 처음 먹어본다는 것을. 서울 사위 덕에 이런 음식도 먹어본다고 했다. 덕담인지 무언지 알 듯 말 듯한 이야기였다. 나는 넓지 않은 나라에서 음식 문화가 그렇게 편차가 있는 줄은 몰랐다. 먹기만 처음이 아니라 보기도 처음이라니.

소고깃국을 먹어야 할 사람들에게 토란국을 먹이신 장모님의 설명이 있었다.

"자네 땜에 내가 이걸 난생처음 만들어보았네. 처음이

라, 어떤지 모르겠어. 맛이 없어도 잘 먹게."

　나는 지금 드라마를 찍나 싶었다. 콩트의 마지막 대목 같기도 했다. 그 토란국에는 막냇사위를 위한 음식이라는 이유 외에 '다른 이유'가 없었다. 토란국은 나에게 남은 장모님의 음식이다.

　부모님은 말년에 두 분이 함께 아프셨다. 두 분만 같이 지내셨기 때문에 간병인이 꼭 필요했다. 아주 어렵게 집에서 숙식하는 간병인을 구했다. 중국 동포분이었다. 음식을 못해서 안 된다는 아주머니를 억지로 '모셔왔다'.

　어느 날 부모님 댁에 갔더니 밥상에 만두가 등장했다. 어머니는 간병 아주머니가 빚었다고 하셨다. "음식 못하신다더니" 하며 우스갯소리를 했다. 아주머니는 만두를 먹지 않는 내게 맛이 없어서냐고 물었다. 돼지고기 때문이라고 설명했다.

　얼마 후 부모님 댁에 갔을 때 식탁에 다시 만두가 올라왔다. 나는 뜨악했다. 이건 뭐지? 틀림없이 안 먹는다고 이야기했는데. 설마 소고기? 물었다. 맞았다. 이유는 나 때문이었다. 이 대목에서 놀라지 않으면 모자라는 사람이다. 부모님은 돌아가셨고 간병 아주머니도 떠났다. 만두는 나에게 사람 사이의 정을 상징하는 음식으로 남았다.

　나는 근 30년을 아내가 만들어주는 밥을 먹고 살았다. 정확히는 28년 2개월에서 며칠 빠진다. 사랑과 정성도 하루 이틀이지 오랜 시간 참 고생 많았다. 나의 부드럽지 못한 성격은 음식이라고 예외가 아니었다. 복 받지 못하게 음식 타박도 많았다. 지금 내가 직접 밥을 해보니 그럴 일이 아니었다. 그러면 안 되는 일이었다. 모자라는 행동이었다.

　지금 아내의 정성을 떠올리며 '아내가 나에게 해준 음식 가운데 최고는 무얼까?' 하는 생각을 해본다. 2만 끼니가 넘는 음식 가운데 무언가를 가려 뽑는 것이 쉽지 않다. 고민 끝에 선택했다. 아내가 만들어준 감자튀김이다. 아내의 남편 사랑과 남편의 감자 사랑이 함께 버무려진 음식.

　나는 내 생일에 특별한 음식을 원했다. 여러 경쟁 음식을 물리치고 최종적으로 감자튀김이 선택되었다. 채 친 감자에 양파와 당근을 채 쳐서 함께 넣고 밀가루옷을 입혀 기름에 튀긴 음식. 초간장에 찍어 먹으면 맛이 폭발한다. 결혼 초에는 한 분식점에서 자주 사다 먹기도 했던 음식. 내가 밥을 책임진 후에는 단 한 번도 해본 적 없는 음식.

내 생일은 한여름이다. 그때 팔 걷어붙이고 튀김을 해내라고 요구하는 남편, 내가 그런 인간이다. 아내는 그 인간의 요구를 들어주었다. 남편이라는 이유 외에 다른 이유가 없었다. 한여름의 감자튀김은 음식이 정성으로 만드는 것임을 나에게 각인시켰다. 나는 요즘도 생일이면 늘 감자튀김을 떠올린다. 먹건 먹지 않건.

직접 밥을 해보니 이제는 잘 안다. 집단 급식으로 만드는 음식들은 왜 맛이 덜한지. 소수의 고객들을 위해 만드는 레스토랑의 특별한 음식은 왜 맛이 있는지. 돈의 문제만은 아닌 것이다. 내가 나와 아내를 위해 만드는 음식이 다른 곳에서 찾아보기 어려운 맛인 것처럼. 나는 오늘도 그 특별한 음식을 만들기 위해 식칼을 들고 도마 앞에 선다.

만두는 추억을 싣고

。

내가 15년간 다녔던 첫 직장은 명동에 있었다. 정확히는 명동에서 길 하나 건너 저동이다. 지금은 주소가 삼일대로로 바뀌었다. 길 하나 사이니까 명동과는 같은 생활권이다. 내가 명동을 좋아한 이유는 여러 가지 있지만 그 가운데 음식과 관계된 것도 아주 컸다. 그 음식은 만두다(쓰고 보니 '또' 만두다).

대저, 만두는 돼지고기로 만드는 음식이다. 한편 옛날 평안도 지역에서는 꿩고기를 넣고 만두를 만들었다고 한다. 나의 조부모님도 꿩고기만두를 해서 드신 적이 있다고 말씀하셨다. 또 해물이나 야채만 넣은 만두도 있긴 하지만 만두

하면 돼지고기가 첫 번째 재료다. 이 책에서 몇 차례 언급한 바 있듯이 나는 돼지고기를 전혀 먹지 못한다. 시중 식당에서 파는 만두는 내겐 '그림의 만두'였다. 집에서는 나 때문에 일부러 소고기를 조금 넣고 만두를 만들어주셨고 나는 그 덕에 만두를 아주 맛있게 먹을 수 있었다. 그러니 만두 가게를 지날 때면 늘 먹고 싶은 욕구와 먹지 못하는 현실이 갈등을 일으킨다.

이런 나에게 명동은 소고기만두로 기쁨을 안겨주는 동네였다.

먼저 이야기할 만두 가게는 롯데백화점 식당가에 있던 '일미(一味)'라는 곳이다. 그 식당은 돼지고기만두는 아예 팔지 않고 소고기만두만 팔았다. 메뉴가 다양해서 만두 종류는 대부분 있었다. 가장 일반적인 고기만두[*], 군만두, 교자만두, 요리에 해당하는 만두전골 등. 고기만두는 그 크기가 아주 커서 1인분에 네 개인가 다섯 개가 나왔다. 호빵보다

---

[*] 부풀린 빵 속에 팥 대신 만두소를 넣은 찐빵형 만두. 샤오롱바오보다 만두피가 두껍고 크다.

조금 작으니까 꽤 큰 만두였다. 점심시간에 일미를 찾으면 주로 고기만두와 군만두를 먹었다. 저녁시간에는 만두전골과 술을 마시기도 했다. 가격은 그냥 만두보다 비싸지만 그 정도는 얼마든지 부담할 용의가 있었다.

그런데 이 식당이 어느 날 흔적도 없이 사라졌다. 한동안 찾지 않다가 오랜만에 갔더니, 어라 그 자리에 다른 식당이 자리하고 있었다. 내가 잘못 찾아온 줄 알았다. 없었다. 없어졌다. 내가 너무 안 찾아서 없어진 것은 아닐까 하는 터무니없는 생각도 해보았다. 그렇게 일미 만둣집과의 인연은 끝이 났다.

이 글을 쓰면서 인터넷을 검색해 보았다. 혹시 다른 곳에서 다시 만둣집을 하는 것은 아닐까 하고 찾아보았다. 없었다. 아쉬움은 늘 그렇지만 남은 자의 몫이다.

또 하나의 만둣집은 '취천루(聚泉樓)'다. 명동성당 쪽 입구에서 롯데백화점 쪽으로 뻗어 있는 명동 한복판길을 따라 걸어가다 길이 거의 끝나는 지점 오른쪽에 있었다. 코스모스백화점을 알면 설명이 쉬워진다. 구 코스모스백화점 바로 맞은편에 있었다. 수십 년이 된 식당이니까 진정한 노포(老

鋪)였다.

이 집은 소고기만두 전문점은 아니었다. 만두만 파는 만두 전문점이었다. 메뉴는 고기만두와 교자만두, 군만두, 물만두의 네 종류였던 것 같다. 이 네 종류를 돼지고기만두와 소고기만두로 각각 팔았으니까(군만두는 돼지고기만 있었던 것도 같다), 총 7~8종류가 된다. 소고기만두는 같은 종류의 돼지고기만두보다 500원인가 비쌌다.

주인은 화교로, 내가 처음 찾았을 때의 주인장은 화교 특유의 느낌이 나는 사람이었다. 짧게 깎은 머리, 느릿느릿한 걸음걸이, 직원들에게는 중국(대만)어로, 손님들에게는 볼이 부은 듯한 한국말로 이야기하던 아저씨.

한동안 그 주인장이 가게를 운영하다가 세월이 흐르면서 자식들에게 넘겨준 듯하다. 남매임이 분명한 두 남녀가 운영했는데 동생인 남성은 홍콩 배우 증지위(영화 〈무간도〉의 한침 역을 한 배우)와 닮았다. 누나인 여성은 홍콩 배우 오천련을 조금 닮았다. 두 남매의 외양을 합쳐서 표현하면, 남매가 아닌 완전히 남처럼 보였다.

홀에서 주문받고 음식을 날라주던 '이모'는 아주 오래

명동은 소고기만두로
기쁨을 안겨주는 동네였다.

그 집에서 일을 했다. 주방에 있던 직원은 늘 만두를 빚고 있
거나 만두통을 층층이 쌓아서 만두를 쪘다. 네모나고 조그
만 문으로 주방이 들여다보였는데 헝겊 발이 내려져 있어서
얼굴은 보이지 않았다.

사장 남매는 친절하지도 불친절하지도 않았다. 웃는 법
도 없고, 화내는 법도 없고, 중국 말투는 아버지보다 빨랐다.
손님과 대화하는 한국어는 아버지보다 유창해서 한국 사람
과 구별하기 어려웠다.

이 취천루에서 나는 고기만두를 주로 먹고 아내는 교
자만두나 고기만두를 먹었다. 고기만두의 크기는 분식집 고
기만두보다 조금 컸다. 1인분이 여덟 개였던가. 소고기만두
를 주문하고 나서 늘 찜통이 바뀌어 돼지고기만두를 줄까

봐 걱정을 했지만 한 번도 물어보지는 않았다. 포장을 해가는 사람들도 많았다. 술은 팔지 않았다. 내가 자주 들렀으니까 단골인 줄 알 법한데 남매도, 홀 서빙 직원도, 그러니까 그 만두 가게에서 일하는 모두가 단 한 번도 아는 척을 하지 않았다. 다른 손님들에게도 마찬가지였다. 만두에 곁들이는 반찬은 단무지 단 한 가지였다.

나는 회사를 퇴사한 후에도 한 달에 한두 번은 명동에 나갔다. 목적은 한 가지였다. 취천루의 소고기만두를 먹으려는 것이었다. 일미가 어느 날 갑자기 사라진 걸 경험했기 때문에 장시간 안 찾으면 취천루도 사라져버릴 것 같은 불안함이 있었다.

그런데 결국 그 불안함은 현실이 되었다. 명동을 찾던 일본인 관광객이 중국인 관광객으로 거의 다 바뀌고 얼마 후 취천루 자리에는 화장품 가게가 들어섰다. 들어가서 물어볼까 하다가 말았다. 화장품 가게 알바생이 알 것 같지 않았다. 한동안 인터넷을 찾아보았다. 일미처럼 바람과 함께 사라졌는지 흔적을 찾을 수 없었다.

시간이 흘렀다.

며칠 전 아내에게 취천루 이야기를 꺼냈다. 아내가 검색을 해보더니 취천루가 다시 생겼다는 게 아닌가. 원래 소유주가 다시 연 것은 아니고 그곳 주방장(내가 얼굴을 보지는 못했던 그 주방장?)으로 일했던 사람이 새로 문을 열었다고 했다. 그러니까 아내가 준 정보를 종합하면 '오천련과 증지위 남매'의 행방은 묘연하고, 얼굴 모르던 주방장이 취천루의 명맥을 이어가고 있는 것이다. 또 하나 결정적인 문제는 소고기만두는 하지 않는다는 사실이다. 그리고 보통 중국집처럼 짜장면, 짬뽕을 비롯한 여러 가지 요리들도 메뉴에 있다고 덧붙였다. 나는 알았다고 했다. 취천루 만둣집이 나에게 의미가 있던 이유는 소고기만두였는데 그 메뉴가 없다니, 취천루는 마치 기억상실증 걸린 옛 연인 같은 상태랄까.

그런데 놀라운 일이 생겼다. 조금 전 일미와 취천루를 한 번 더 검색해 보는 과정에서 모르던 정보를 파악했다. 취천루 홈페이지에서 메뉴를 들여다보자니 '메뉴판 이미지로 보기' 맨 오른쪽의 메뉴판 사진에 조그맣게 빨간 글씨가 보인다. 메뉴판을 확대해 보니 앗! 메뉴판 세 번째 메뉴에 소고기만두가 있고, 그 옆에 빨간 글씨로 '목요일만 가능'이라고 쓰여 있다.

이 메뉴판 내용대로라면 나는 목요일에 주방장이 명맥을 이어가는 취천루에서 소고기만두를 먹을 수 있다는 얘기다. 그것이 고기만두인지 교자만두인지는 모르겠으나…. 그것뿐만 아니다. 메뉴판 다른 면에는 반갑게도 주류 목록까지 나와 있다. 잃어버린 형제를 찾았는데, 그 형제가 기억상실증에 걸려 있다가 기억을 되찾아서 옛 이야기를 한다. 그런데 이제는 내가 잊고 있던 일까지 일깨워주는 형국이랄까.*

'만두는 추억을 싣고', 내가 취천루 소고기만두를 만나는 이야기는 후일로 미룬다.

---

* 만두 가게 두 곳 이야기를 이렇게 길게 쓰자니 오래전의 '이산가족찾기' TV 방송이 생각난다. 방송을 오래 하다 보니 보는 사람들은 무덤덤한데 상봉한 가족들은 눈물범벅이 되어 껴안고 울던 모습이 떠오른다.

중국 음식점의 칼잡이 소년

○

음식을 만들기 시작하면서 새롭게 생겨난 갈망이 있다. 칼질을 잘하는 방법은 도대체 무얼까. 손을 베지 않고 그 방법을 터득할 수는 없을까.

몇 년 전 TV 요리 프로그램에 등장해서 놀라운 칼질로 대중의 인기를 얻은 중국 음식 셰프가 있다. 요즘은 그 모습을 잘 보여주지 않지만 그의 칼질 솜씨는 놀라웠다. 그뿐만 아니라 요리 좀 한다하는 셰프들은 너나 할 것 없이 빼어난 칼 솜씨를 자랑한다. 여러 차례 손을 벤 경험이 없었다면 도달할 수 없을 법한 경지들이다.

하지만 내 기억 속에서 가장 뛰어난 '칼잡이'는 따로 있다. 1980년대 초반. 여러 대학 학생들이 함께 모이는 동아리 모임에 나갈 때다. 모임이 끝난 후 자주 들르던 중국 음식점이 있었다. 시장통 2층에 위치한, 특별할 것 하나도 없는 중국집이었다. 짜장면이 500원이었다. 호랑이도 담배 피우고 나도 담배 피우던 옛날이었다.

모임을 마치고 늦은 저녁을 먹으러 몇 명이 함께 중국집에 들렀다. 우리가 마지막 손님인 듯했다. 아주 추운 날이었고 방이 뜨듯하다기에 방에 들어가 앉았다. 짜장면이 나오기를 기다리고 있는데 홀에서 시끄러운 소리가 났다.

"따 다 다 다 다 다. 다다다다다다."

예사롭지 않은 칼질 소리에 방문을 빼꼼 열고 내다보았다. 홀에서는 한 소년이 테이블 위 도마에서 단무지를 썰고 있었다. 다음날 준비를 하는 모양이었다. 대략 열두세 살 정도 된 소년이었다.

입성이 너무 꾀죄죄해서 안타까웠고, 칼질이 너무 빨라서 놀라웠다. 손에 들고 있는 것이 칼이었기에 두려움도 생겼다. 단무지 몇 개를 순식간에 썰어버린 소년은 이번에는 단무지 두 개를 도마 위에 나란히 놓았다. 요란한 도마 소리는 사라지고 생소한 정적이 자리 잡았다.

무얼 하나 하고 쳐다보는데, 이번에는 써는 것이 아니라 도마 위의 무에다 칼을 긋기 시작했다. 썰기만 하는 것이 지루했던 모양이다. 자르는 것만큼 빠르게 단무지 두 개를 동시에 그어젖히는 소년의 칼 솜씨…. 말 그대로 말을 잊게 만드는 솜씨였다. 몇 개의 단무지를 그어버리더니 다시 단무지를 두드렸다. 정적 뒤에 이어지는 요란한 도마 소리와 함께 짜장면이 나왔다.

그 소년의 모습은 내 기억 속에 지워지지 않게 갈무리되었다. 사람이 도를 통한다는 이야기를 할 때면 어김없이 그가 생각났다. 내가 노력하기 싫을 때도 한 번쯤 그 소년을 떠올렸다. 그리고 칼로 무언가를 할 때면 수시로 그가 생각났다.

요즘 주방일을 하고 나서는 더 자주 그가 생각난다. 나보다 일고여덟 살 아래니까 지금쯤 오십이 넘었을 것이다.

중국 음식점을 열었을까. 아니면 다른 일을 할까. 그러기엔 칼 솜씨가 너무 아까운데.

파를 썰거나 무를 썰 때면 가끔씩 소년의 칼 솜씨를 흉내 내본다. '다다다다' 소리가 나게 칼을 두드려 썰고 싶지만 그러기에는 겁이 너무 많다. 이제껏 크게 베이지 않은 것은 아마도 두려움 때문일 것이다. 칼잡이 소년은 이 두려움을 어떻게 넘어섰을까. 수십 년이 지난 지금까지 선연하게 남아 있는 칼잡이 소년의 기억.

그는 내가 아는 제일 어린 달인이다.

라면을 끓이는 몇 가지 방법

。

라면 이야기 1

불과 10분 안에 끝나는 라면 끓이기에도 엄연히 레시피가 있다. 라면 회사의 개발자들이 TV에서 여러 차례 소개하면서 모르던 사람들도 많이 알게 됐다. 라면의 레시피는 라면 봉지 뒷면에 있다. 나는 개발자의 설명을 듣고 나서 봉지 뒷면에서 조리 방법을 확인해 보았다. 넣어야 하는 물의 양, 끓이는 시간 등이 나와 있다. 이 조리 방법 덕에 라면은 셰프가 아니라도 누구나 최상의 맛에 도전할 수 있는 음식이 되었다.

라면 개발자들의 공통된 주장. 라면을 가장 맛있게 끓이는 방법은 조리 방법에 나와 있는 대로 끓이는 것이라고 한다. 여기서 핵심은 라면을 끓이는 시간이다. '한 5분 끓이

면 되는 것 아닌가? 라면이 다 거기서 거기 아닌가?' 하고 생
각했는데 레시피는 다르게 말하고 있다.

라면을 끓이는 시간은 4분 혹은 4분 30초가 대부분이
다. 라면 종류별로 시간 차이가 나는 이유에 대해 개발자들
은 이렇게 이야기한다. 면을 만드는 재료 및 튀기는 정도, 면
발의 굵기 차이 등 때문이라고. 면발이 꼬여 있는 정도 때문
에도 차이가 난다고 했던가. 여기서 끓이는 시간이라는 것
은 물이 펄펄 끓기 시작할 때 라면을 집어넣고 나서부터의
시간을 말한다.

그런데 내가 아직까지 해결하지 못한 궁금증이 있다. 4
분 혹은 4분 30초를 끓일 때 불의 세기가 어떻게 돼야 하느
냐다. 가스레인지의 약한 불과 강한 불 사이에는 상당한 화
력 차이가 있고, 음식을 익히는 시간도 당연히 다르기 때문
이다.

그리고 요즘에는 대부분 사람들이 라면을 넣은 후 젓
가락이나 집게로 수시로 라면을 들어올렸다 놓았다를 반복
하면서 끓인다. 그렇게 하면 면발의 쫄깃함이 더 살아난다
는 것이다. 그런데 이 경우는 들었다 놓았다를 하지 않는 경

우보다 더 오래 끓여야 하는 것은 아닌지 궁금하다.

달걀을 어떻게 넣느냐도 중요한 요소다. 막판에 달걀을 깨 넣고 그대로 놓아두어서 노른자가 반숙 정도 되게 익히는 방법, 달걀을 깨 넣은 후 노른자를 터뜨리고 휘저어서 달걀을 완전히 익히는 방법, 달걀을 풀어서 라면에 넣고 다시 휘저어서 완전히 익히는 방법 등 달걀을 넣고 조리하는 방법만도 여러 가지다.* 떡을 넣는 방법의 조합까지 고려하면 라면 끓이는 방법은 족히 수십 가지는 된다.

나는 요즘 이 복잡한 것이 다 귀찮아서 라면의 본질에 충실하려고 한다. 그건 별거 아니다. 달걀도 넣지 않고 떡도 넣지 않는다. 파는 넣기도 하지만 아예 그것까지 넣지 않는 경우가 더 많다. 라면의 본질은 식사 한 끼에 준하는 식량 노릇을 쉽게 하는 것이다. 혹은 간단하면서도 배를 든든하게 해주는 간식이다. 여기서 핵심은 '간단히'에 있다. 그래서 면과 수프, 함께 들어 있는 파 부스러기 등만 넣고 끓여 먹

* 라면 애호가를 자처하는 작가 김훈 선생은 산문집 《라면을 끓이며》의 같은 제목 수필에서 라면에 관한 거의 모든 것을 설명한다. 여기에 본인이 가장 선호하는 달걀 넣는 방법도 포함돼 있다.

는다. 그래도 맛있다.

　내가 직장 생활을 할 때, 아버지가 유명 라면 회사 중역인 후배가 있었다. 그 후배의 이야기다. 강원도 어디인가에 삼시 세 끼, 한 달 90끼, 1년 1천 몇십 끼를 라면만 먹는 남성이 있다고 했다. 그 비슷한 이야기를 나도 들은 적이 있어서 맞장구를 쳤다. 후배 이야기의 마무리는 그 남성이 먹는 라면을 아버지 회사에서 무료로 공급해 준다는 것이었다. 우습기도 했고 놀랍기도 했다. 그리고 그 남성의 라면 레시피가 궁금했다.

　그 레시피는 아니지만 라면 끓이는 솜씨 중 최고의 솜씨를 내가 안다. 그 이야기는 다음 편으로 넘긴다.

라면의 달인

。

라면 이야기 2

이 글을 쓰면서 과장 없이 기록하려고 최대한 노력했다. 만약 왜곡이 있다면, 그것은 의도나 필력의 문제가 아니고 흘러가 버린 시간의 문제일 것이다.

　내가 기억하는 가장 맛있는 라면은 경부고속도로 하행선 기흥휴게소의 라면이다. 1990년대 말에서 2000년대 초까지 먹었던 것으로 기억한다.

　이 휴게소의 라면 코너에서는 음식점용 가스레인지 여섯 개와 손잡이가 달린 얇은 양은 냄비를 사용했다. 라면은 농심도 삼양도 아닌 다른 회사 제품이었다. 두 회사 라면만

달인의 라면 끓이기는
조리라기보다는
퍼포먼스에 가까웠다.

먹던 나에게 제3의 라면을 각인시킨 계기였다. 그걸 끓이던
직원은 달인이라고 불러도 충분할 것이다. 아니다, 달인이다.

우리 부부가 여행을 시작하는 주말 아침 무렵이면 그
라면 코너 앞에는 늘 긴 대기 줄이 생겨 있었다. 한 번에 여
섯 개씩 끓여냈는데, 냄비 여섯 개를 놓은 후 큰 들통의 끓는
물을 국자로 퍼서 각 냄비에 붓는다. 라면 레시피가 요구하
는 물 양의 80퍼센트 정도만 붓는 것 같다. 곧바로 가스레인
지에 가스총으로 불을 붙인다. 이때 달인의 표정은 무심 그
자체다.

그러고는 펄펄 끓고 있는 냄비에 순식간에 라면 여섯
개를 투척한다. 수프 역시 순식간에 찢어젖히며 냄비에 넣
는다. 라면이 끓기 시작하면 기다란 쇠 집게로 라면을 들었

다 놓았다를 반복한다. 간혹 냄비 테두리를 집게로 탕탕 두세 번 두드리는데, 그 무심한 동작이 달인의 라면 끓이기에 예술성을 부여하는 것 같았다. 이때쯤 달인은 들통에서 끓는 물을 한 국자 퍼서 여섯 냄비에 찔끔찔끔 부어 넣는다. 남겨놓았던 20퍼센트의 물이다. 라면이 거의 완성됐다는 신호다. 라면을 기다리며 줄 서 있는 사람들은 모두가 달인을 쳐다보고 있다.

다음에는 소스 통에 들어 있는 달걀을 냄비마다 죽죽 짜 넣는다. 자, 이제 마지막이다. 썰어서 큰 그릇에 담아둔 파를 집게로 집어 한 움큼씩 던져 넣는다. 두세 냄비에 넣은 후에는 또다시 집게로 냄비 테두리를 두드린다. 처음이나 지금이나 똑같이 무표정하고 시크하다. 여섯 개의 라면이 완성되면 냄비를 들어서 그릇에 붓는다. 완성이다. 운 나쁘게 일곱 번째 서 있던 사람은 다시 이 과정을 지켜보면서 기다려야 한다.

나는 꼬들꼬들한 라면을 별로 안 좋아하는데 유일한 예외가 이 달인의 라면이다. 후후 불어서 한 입 먹는 순간, 안 익은 것 같다고 느끼다가 잠시 후 '아, 익었구나' 하면서 먹게 되는 달인의 라면. 두 젓가락째부터는 더 이상 완성도에 의심을 가질 수 없게 만드는 달인의 라면.

　마술사의 마술은 결국은 눈속임이라고 생각하지만, 달인의 '라면 쇼'는 눈속임이 아니다. 줄 서 있던 수많은 사람들이 직접 그 사실을 목격하고 그 맛을 확인했으니 말이다. 이 라면 끓이기는 조리라기보다는 일종의 퍼포먼스에 가까웠다. 20년이나 된 오래전 일이 이렇게 생생한 것은 워낙 기억이 강렬했기 때문이리라.

　우리 부부는 주말에 1박 2일로 국내 여행을 갈 때면 늘 아침 식사를 이 기흥휴게소 라면으로 해결했다. 시간이 지나면 모든 것이 변하는 법. 몇 년 동안 그 라면을 먹었는데, 어느 날 그 라면 코너에 들렀더니 긴 줄이 보이질 않았다. 달인은 간데없고 나이 지긋한 아저씨가 그 자리에 있었다. 끓이는 모습을 보았더니 속도감이 전혀 없다. 그제야 과거 달인의 동작에서는 리듬감도 느껴졌다는 생각이 들었다. 느린 아저씨의 이름표를 보았더니 '견습생'이라고 쓰여 있다. 기흥휴게소 라면은 그게 마지막이었다.

　그 후에도 여러 휴게소에서 라면을 사먹는다. 하지만

어느 경우도 달인의 맛을 흉내 내지 못한다. 궁금하다. 그
라면 달인은 어디서 무얼 하는지. 만약 라면 식당을 하고 있
다면 찾아가서 먹을 것이다. 멀고 가까움은 관계없다.

군대와 라면

。

라면 이야기 3

"라떼 이즈 홀스"란 말이 유행이다. 바로 그 '라떼' 시절 이야기다. 남자들이 하는 이야기 중 '여자들이 가장 싫어하는 것'이라는 우스갯소리가 있었다. 첫손에 꼽히는 게 군대 이야기다. 남자들이 몇 명만 모이면 빠지지 않는 레퍼토리이자 여자들이 혐오하는 주제, 군대 이야기. 군대 다음으로 싫어하는 것은 축구 이야기다. 둘 사이에 컬래버가 일어나면 최상급이 탄생한다. 바로 '군대에서 축구한 이야기'다. 하지만 이 이야기는 정말로 라떼 시절 이야기가 된 지 오래다.

요즘은 남자 친구가 군대에 간 여자들이 군대에 관한 각종 정보를 교환하는 '곰신(고무신) 카페'라는 인터넷 카페

226

가 있다. 그 카페에 들어가 보고는 깜짝 놀랐다. 남자들 사이에서나 주고받을 법한 군대 이야기를 너무나 자연스럽게 여자들끼리 나누고 있었다. 남자들의 계급이 '여친'의 계급처럼 받아들여지는 분위기도 놀라웠다. '남친'이 제대한다고 자랑하면, 선망과 축하가 넘쳐난다. 여자들이 군대 이야기를 혐오한다는 건 다른 나라 이야기 같았다.

　다음 축구 이야기. 이것은 2002년 우리나라 월드컵 때 완전히 정리됐다. 지금도 눈에 선한 그 붉은 옷의 물결. 그해 여름 우리나라 축구 경기가 있는 날은 차를 갖고 출근할 수가 없었다. 버스에서 내려서 걸어가야 하는데, 걷는 길이 시청광장을 지나 명동으로 가게 돼 있었다. 오후 2시에 경기가 있는데 아침 8시 반에 벌써 시청광장은 붉은 물결로 가득차 있었다. 그 사람들의 절반은 여성이었을 것이다. 이 정도면 여자들이 축구를 좋아하지 않는다는 이야기는 사실이 아니다.

　강렬한 기억은 오래 가는 법. 라면 하면 떠오르는 기억 앞머리에는 군대가 있다. 하지만 군대와 라면 이야기를 하려니 괜스레 부담스러워 해묵은 농담을 끌고 와보았다. 자, 그럼 이제부터 1980년대로 시간을 돌린다.

첫째, 훈련소의 라면.

일요일 아침. 라면이 나왔다. 녹색 식판 한쪽에 라면이 두 개 들어 있고 오른쪽에는 라면 국물이 들어 있다. 라면은 쪄서 나오고, 국물은 수프를 넣고 라면과 무관하게 따로 끓인 것이다. 보다보다 이런 라면은 정말 처음 보았다.

먹는 법. 왼쪽의 라면을 오른쪽의 국물에 넣어서 먹는다. 배가 안 고픈 것은 아니었지만 라면을 반 개 정도밖에 못 먹었다. 훈련병들 사이에서 라면에 대한 불만이 쏟아져 나왔다.

1주일 후. 같은 형태의 라면. 한 개 반쯤 먹었다. 먹을 만했다. 라면은 똑같은데 나는 바뀌고 있었다. 다른 녀석들도 마찬가지였다. 간사한 놈들…. 다시 1주일 후. 라면을 기다린다. 두 개를 다 먹었다. 2주 전 쏟아놓던 불만은 다 어디로 갔을까.

그다음 마지막 일요일. 전날인 토요일부터 일요일 아침을 기다린다. 라면 때문이다. 국물도 다 먹는다. 충격적이다.

이 변화를 지켜본 사람이 있다면 도대체 무슨 생각을 할까.

둘째, 자대°에서 먹는 라면.

일요일 아침에 라면을 주는 것은 같다. 이 라면을 기다리는 것도 같다. 다만 라면을 만드는 방법은 훈련소의 충격적인 방법과는 다르다. 커다란 통에 물을 끓인다. 라면을 넣는다. 수프도 넣는다. 끓인다. 끝.

그런데 여기서 중요한 참고 사항이 있다. 한꺼번에 끓이는 라면의 양이 100개가 훨씬 넘는다. 이렇게 끓이기 위해서는 전날 밤에 라면 봉지를 뜯어서 라면 박스 안에 면을 모두 쏟아 넣는다. 수프는 따로 뜯어서 커다란 그릇에 담아놓는다.

다음날 아침, 박스 안의 면과 그릇에 담긴 수프를 커다란 알루미늄 솥의 끓는 물에 한꺼번에 쏟아 넣는다. 그리고 끓인다. 배식을 하려고 국자로 뜨면 굵어진 면발이 쉽게 끊어진다. 이 라면이 먹고 싶어서 평소에는 아침을 안 먹고 건

• 자대(自隊). 훈련소에서 훈련을 마친 후 실제로 군 생활을 하게 되는 부대.

너뛰던 고참들이 배식 줄 맨 앞에 선다.

셋째, 라면을 많아지게 하는 마술.

군대에서 한 병사에게 지급되는 라면의 정량은 두 개다. 라면 봉지 하나 안에 라면 두 개와 수프 두 개가 들어 있다. 이렇게 생긴 라면을 처음 본 나는 그 신선한 발상에 많이 놀랐다. 내가 군대 라면에 대해 잘 알고 있는 것은 나의 보직이 1종계*였기 때문이다.

그런데 라면을 배식하려다 보면 종종 라면이 정량보다 모자란다. 이유 설명은 생략한다. 이때 그 양을 맞추는 방법이 있다. 취사병에게 인원수는 얼마고 라면 양은 얼마라고 하면 알아서 맞춰 끓인다. 노하우는 간단하다. 물을 더 넣는 것이다. 그리고 더 오래 끓이는 것이다. 그러면 라면은 시간이 지날수록 팅팅 불어서 점점 더 많아진다. 하지만 맛없다는 병사는 찾아보기 어렵다. 1종계로서 약간의 가책을 느낀다. 잠시 후 생각을 고쳐먹는다. 부족한 라면은 병가지상사다.

• 1종계는 군대의 행정병 보직 가운데 하나. 주식과 부식을 관리한다.

넷째, 컵라면과 보일러.

취침 점호가 끝난 후 전 중대가 컵라면 회식을 하는 경우가 있다. 일요일 아침 불어터진 라면도 없어서 못 먹는 판이니 자기 전에 먹는 컵라면이야 말해 무엇하랴. 문제는 수십 명이 먹을 컵라면 물을 어떻게 준비하느냐다. 내가 복무하던 부대는 최신형으로 된 막사였다. 난방 방법도 난로가 아니고 스팀(라디에이터)이었다. 컵라면 물의 답은 스팀에 있었다.

컵라면 물을 마련하기 위해 난방용 보일러를 가동하는 것이다(한여름에도!). 충분히 난방이 되면 각 내무반별로 스팀을 열어서 주전자에 물을 받아 컵라면에 붓는다. 물이 펄펄 끓지 않으면 어떤가. 그래서 좀 설익으면 어떤가. 라면을 먹을 수 있는데. 보일러 물로 라면을 데워 먹는 게 찝찝하지 않냐고? 무슨 소리. 라면을 먹을 수 있는데. 내가 군 복무할 때 라면은 그런 것이었다.

다섯째, 큰 국자 라면. 일명 '사꾸' 라면.

이제 마지막 에피소드다. 이건 1종계와 취사병들만 알

고 있는 비밀에 해당한다(국가 기밀은 아닐 테니 공개해도 문제없겠지). 취사장에서 국을 떠서 배식하는 국자를 '사꾸'라고 불렀다.* 보통 국자보다는 훨씬 크다. 한 국자 가득 뜨면 1인분의 국 양보다 더 많다.

밥은 압력밥솥에 하는데 보통 오후 4시쯤이면 저녁밥이 다 된다. 밥이 다 되면 압력밥솥의 압력을 낮추기 위해 밸브를 열어서 증기를 빼낸다. 이 증기는 엄청나게 뜨거워서 데지 않도록 조심해야 한다. 하지만 위험한 것은 종종 유용하기도 한 법. 앞에서 말한 큰 국자에 라면을 반으로 꺾어서 담고(가득 찬다), 수프를 넣는다. 그리고 밥솥의 뜨거운 증기가 쏟아져 나오는 꼭지에 그 국자를 갖다 댄다. 쏟아지는 증기가 라면을 익히는 데 걸리는 시간은 약 30초다. 30초면 라면을 먹을 수 있는 것이다. 꼬들꼬들한 라면을 좋아하는 사람에게는 최상의 라면이다. 군대에도 고춧가루는 늘 있으니 그것도 해결이다. 압력밥솥 물이 찜찜하지 않냐고? 보일러

• 정확한 어원은 모르겠으나, 이 단어는 국자를 가리키는 일본어 '杓(しゃく, 샤쿠)'에서 온 듯하다. 군대에서는 샤쿠가 아니라 '사꾸'라고 발음했다. 여기서는 사꾸에 해당하는 단어를 국자 혹은 큰 국자로 표기했다.

물로 컵라면도 먹는데 펄펄 끓인 증기야 당연히 땡큐다.

돼지고기를 안 먹는 나는 돼지고기가 나오는 날은 간혹 그 국자 라면으로 끼니를 대신했다. 그러다 보니 라면을 자주 먹었다. 그 바람에 제대 후 몇 년 동안은 아예 라면을 먹지 않았다. 다시 라면을 먹게 되고 나서도 컵라면은 먹지 않았다. 지금도 그렇다. 이 글을 읽은 여성 독자는 이 '라떼 아저씨' 때문에 곰신 카페에 이렇게 쓸지도 모르겠다.

"내가 제일 싫어하는 군대 이야기가 뭔지 알아요? 군대에서 라면 먹은 이야기예요."

세월은 가도 음식은 남는다

°

누군가 그랬다. 자신의 주장을 상대방이 쉽게 기억하게 하려면 세 가지로 정리해서 이야기하는 것이 좋다고. 우연의 일치일까. 역사에 길이 남을 명언을 남긴 로마의 C 모 씨도 세 가지로 이야기했다.

"왔노라, 보았노라, 이겼노라."

나도 따라 해본다. 여행의 핵심도 세 가지로 압축할 수 있다.

"먹었노라, 보았노라, 쉬었노라."

먹는 것을 강조하기 위해 순서를 정한 것은 아니다. 가나다순이다. 이 세 가지 가운데 한 가지만 잘 안 되어도 여행의 즐거움은 많이 줄어든다. 여행 동반자의 취미나 취향이 다르면 어려움이 커진다. 열심히 돌아다니며 많이 보기를 원하는 사람과 편안한 휴식을 원하는 사람이 동행하면, 구경한 것도 아니고 쉰 것도 아닌 어정쩡한 여행이 된다. 먹는 것을 중요하게 생각하지 않는 사람과 그 반대인 사람의 동행도 마찬가지다.

나와 아내는 여행 취향이 사뭇 달랐다. 나는 많이 보고 경험하기를 희망하는 축이고 아내는 여유롭고 편안한 시간을 원한다. 여행을 꽤 많이 다녔지만 이 점은 지금까지도 완전히 조율되지 않은 것 같다. 하지만 지혜가 늘었다. 서로를 존중해서인지 자신을 존중해서인지, 상대방의 취향을 인정해 준다. 그래서 편안해졌다. 여기에 먹는 것에 대한 취향이 일치한다는 점이 여행하고 싶은 마음을 키웠다.

여행을 하면서 우리 부부는 식성의 차이를 만회해 줄 공통의 음식 몇 가지를 찾았다. 대표적인 것이 순두부와 닭갈비다.

순두부는 물론 나도 아내도 결혼 전에 많이 먹어본 음

식이다. 그런데 여행에서 우리 부부가 발견한 것은 '하얀' 순두부다. 서울 식당에서 많이 파는 맵고 빨간 순두부가 아니라 하얀 순두부 말이다.

1991년 2월 우리 부부는 강릉으로 겨울 여행을 떠났다. 한계령 정상 직전에서 갑자기 폭설을 만났다. 체인을 감았지만 차는 말을 듣지 않았다. 중간에 한번은 맞은편 차 때문에 벼랑 아래로 떨어질 뻔하기도 했다. 정신없이 한계령을 넘어 찾아간 강릉 경포대 부근의 순두붓집. 낡은 옛집을 그대로 식당으로 사용하고 있었다. 여행안내 책에서 소개한 순두부를 시켰다.

커다란 플라스틱 그릇에 담긴 하얗고 몽글몽글한 두부 한 그릇과 밥 한 그릇. 반찬은 김치와 깍두기로 단출했다. 콩자반도 있었던가. 거기에 따라 나온 파가 가득한 양념장에서는 약한 단맛이 났다. 그 간장을 하얀 순두부에 넣어 간을 맞춰 먹으라는 것이다. 먼저 두부만 한 숟가락 떠먹었다. 처음이라 생소해서인지 좋다는 생각이 별로 들지 않았다. 간장을 넣어 먹어도 마찬가지였다. 게다가 뜨겁지 않고 미적지근한 것도 입맛에 맞지 않았다.

아내와 나는 이걸 무슨 맛에 먹느냐며 다 먹지 못하고 남겼다. 그렇게 우리는 첫눈에 반한 게 아니라, 첫눈에 하얀 순두부와 결별하기로 작정했다. 여성지 부록 같은 데 끼워 나오던 여행정보 책자에서는 이곳의 순두부 예찬을 늘어놓았는데. 이후 1년 넘게 우리는 하얀 순두부를 가까이하지 않았다.

하얀 순두부를 다시 만난 곳은 춘천이었다. 3월 10일이 근로자의 날이던 1992년도. 나는 아내, 그리고 회사 후배 두 명과 함께 춘천에 나들이를 갔다. 말이 나들이지 술 먹을 자리를 마련한 것이다. 후배 중 한 명은 고주망태지만, 다른 한 명은 술 한 방울도 못 마시는 일적불음(一滴不飮)이라 운전을 자청했다. 환상의 멤버다.

소양강휴게소에서 빙어튀김을 안주로 간단히 시작한 술자리. 점심 먹는 식당으로 선택한 곳은 댐 아래쪽의 샘○막국수였다. 발동이 걸린 나와 고주망태 후배는 순두부와 모두부를 안주 삼아 본격적으로 술을 마셨다. 순두부는 강릉의 그것과 매우 흡사했다. 다만 양념간장이 조금 달랐다. 마늘 향이 좀 더 강했고, 단맛은 없었다. 술 때문인지 순두부와의 첫 번째 만남 같은 거부감은 느껴지지 않았다. 양념장만 얹은 순두부와 모두부가 그렇게 좋은 안주가 된다는 사실도 처음 알았다. 두부에 취하고 소주에 취해서, 식사로 먹은 막국수는 기억에 없다. 그 집은 정작 막국수로 이름을 얻고 있는 식당이었는데.

춘천 구경을 몇 군데 했다. 어디를 갔는지는 기억에 없다. 중도유원지를 갔던가, 어린이극장을 갔던가. 지금의 인형극장이나 애니메이션박물관 등은 그 시절에는 없었던 것 같다.

저녁으로는 춘천 명동에서 닭갈비를 먹었다. 난생처음까지는 아니지만, 생소했다. 그래도 돼지고기가 아니라는 데 안심하고 열심히 먹기 시작했다. 술도 지천, 안주도 지천. 아내 눈치 보는 것도 잊을 만큼 마셨다. 그 당시만 해도 뼈 없는 닭갈비가 아닌 뼈 있는 닭갈비였다. 끝판에는 밥을 비벼 먹었다. 밤 9시 가까이나 되어 끝난 술판. 서울로 돌아오는 차 안에서 나와 고주망태는 '일적불음'의 운전을 방해할 정도였으니 어느 정도 취했는지 짐작이 갈 것이다. 아내는 다음날 나에게 반성문을 요구했다. 돌아오는 길이 얼마나 위험했는지 아느냐, 안개가 그렇게 짙게 꼈는데 운전자를 툭툭 치지 않나⋯.

두 번째 눈에 반한 하얀 순두부, 그리고 첫맛에 반한 닭갈비. 그날 이후부터 지금까지 30년 가까운 시간을 순두부와 닭갈비를 찾아다녔다.

지금은 사라진 대성리 부근의 일우콩요리*, 어느 주말 새벽 이 집의 순두부를 먹겠다는 생각만으로 30km 넘는 눈길을 달려가기도 했다. 다른 순두부에 비해 엉김이 약하고 부드러운 느낌의 순두부다. 간장을 많이 타서 마시듯이 후룩후룩 먹다가 나중에 밥을 말아 먹는다. 반찬으로 나오는 콩자반은 많이 딱딱하지 않아 나도 먹을 수 있었다. 기억은 이렇게 생생한데 사라진 지 10년이 훌쩍 넘었다.

서울 구기동 초입의 토속집 순두부 역시 일품이다. 특히 토속집의 매운 두부찌개는 여러 두부 음식점 가운데에서도 첫손에 꼽는다. 그 밖에 구기터널 앞 순두부 식당들. 어느

• 이 글에서 실명을 거론한 음식점들은 모두 문을 닫은 집들이다. 인터넷에서는 문 닫은 집들의 흔적을 아직까지도 찾아볼 수 있다.

집을 가도 평균 이상은 된다. 서울 예술의전당 앞 순두붓집 백○옥. 처음 찾았을 때는 본점이 하나였지만 지금은 본점 부근에 몇 개의 분점이 있는지 헤아리기 어렵다. 다른 순두부보다 엉김이 강하다. 무생채와 콩나물 반찬이 기억에 남는다.

강릉선교장 부근의 순두부 식당들. 그곳이 출발점이었다. 속초 척산온천 부근 순두부촌, 그 옆 학사평 순두부마을, 강릉 경포대 옆의 초당두부촌. 우열을 가릴 수 없다.

그래도 첫손에 꼽는 것은 하얀 순두부의 맛을 느끼게 해준 소양강댐 가는 길에 있는 샘○막국수다. 술김에 좋아한 것은 아닐까 싶어, 나중에 수도 없이 확인했지만 맛 때문이 맞았다. 내가 100km를 운전해서 춘천 소양강댐 부근을 찾는 이유다. 아쉬운 점은 1992년의 '대취 사건' 이후 이 집에서 술을 먹어본 적이 없다는 거다. 언젠가 한번은 술 마시러 가리라.

자, 이번에는 닭갈비 차례다.

나는 춘천 명동의 닭갈빗집 한 곳을 20년 가까이 찾았다. 1년에 대여섯 번 춘천에서 숙박을 한 적도 있다. 토요일 저녁은 늘 같은 집에서 먹었다. 황실닭갈비. 청년 셋이 시작해서 나중에는 한 사람이 맡아 했다. 맛있었고, 친절했다. 음식이 푸짐했고, 차가운 동치미는 사이다보다 시원했다. 그 집에서 우리 부부가 먹는 닭갈비와 볶음밥 양이 줄어드는 걸 보면서 나이가 들어감을 느꼈다. 7~8년 전 다른 곳으로 옮겼다. 옮긴 곳까지 한 번은 따라갔지만 맥이 끊겼다.

그 후로는 명동 닭갈비 골목을 찾긴 해도 뜨내기처럼 이 집 저 집 옮겨 다닌다. 춘천에서 찾는 곳이 철판 닭갈빗집이라면 남이섬에서 찾는 곳은 숯불 닭갈빗집이다. 논쟁이 벌어지지 않는 것으로 보아, 숯불 닭갈비가 주장하는 대로 그들이 원조인 모양이다. 가볼 만한 숯불 닭갈빗집 또 한 곳. 1992년 대취 사건의 현장이었던 샘ㅇ막국수에서 바로 옆에 따로 마련한 식당도 손에 꼽을 만하다. 주변에 우후죽순으로 생겨난 닭갈빗집들과의 경쟁에서 지지 않고 버텨나간다.

이 모든 식당을 아내와 함께 찾아다녔다. 결혼 후에 공통으로 갖게 된 음식에 대한 기호가 우리 부부의 결혼 전 식성의 차이를 만회해 주었다. 다름으로 생긴 거리를 같음으로 줄여나갔다. 기억을 더듬어 쓰다 보니 문을 닫은 식당이 참 많다. 그만큼 세월이 흘렀다는 반증이리라. 사라진 곳이 많아서 아쉬움이 크지만 아직 남아 있는 식당도 꽤 된다는 사실로 위안을 삼는다.

마치며

앞으로도 주방에 있을 겁니다

。

4년쯤 전 나는 30년 가까이 줄타기 하던 '돈줄'에서 내려와 무직자, 백수, 은퇴자가 되었다. 듣자 하니 남성 은퇴자들의 가장 큰 문제는 '삼식이'가 되는 것이다. '가정의 평화를 위해서는 이 문제를 해결해야만 한다…'

이제까지 판에 박힌 듯 해오던 일상에 결정적인 변화를 주기로 했다. '그래, 내가 밥을 하자.'

실행에 옮겼다. 아내에게 부엌에서 퇴장해도 좋다고 이야기했다. 선수 교체. 30년 가까운 주방 노동 끝에 체력과 정신력이 고갈된 아내는 함박웃음을 머금으며 벤치에 나와 앉았다.

주방일을 열심히 하다 보니 불투명해 보이던 은퇴 생활의 미래가 조금씩 투명해졌다. 우리 부부 중 누군가는 꼭 해야 할 일을 내가 한다고 생각하니 사명감마저 느껴졌다. 직장 생활할 때 애쓰던 만큼 노력하면 충분히 해낼 수 있으리라….

3년 반이 지났다. 그동안 아내는 주방일에 손발을 들이지 않았다. 나는 적어도 하루 두 끼, 그러니까 1년에 730여 끼, 3년에 2천 몇백 끼니를 내 손으로 직접 해결했다. 주방 노동은 솔직했다. 공을 들인 만큼 좋은 결과를 얻을 수 있었다.

물론 힘든 때도 있었고, 주방일을 하기 싫은 때도 있었다. 하지만 아내가 도와줬으면 하는 생각은 아예 하지 않았다. 그렇게 마음을 먹으니 내가 주방일을 할 때 아내가 편안하게 쉬는 모습도 눈에 거슬리지 않았다.

1천 몇백 끼니를 해결했을 무렵, 느닷없이 코로나19가 찾아왔다. 밖에서 밥 먹을 일이 줄어들었다. 밖에서 술 먹는 일도 줄어들었다. 여행 가서 먹고 마시는 일도 줄어들었다.

그렇게 1년 가까이가 지나고 한 해 마지막 달이 되자 줄어든 바깥의 밥과 술이 집안으로 몰려들었다. 나는 주방에 더 매달려야 했다. 주방에 있는 시간이 늘어나면서 밥을 만드는 일과 그 밥을 먹는 행위, 그리고 살아가는 것에 대하여 더 깊이 더 자주 생각하게 되었다. 그 결과를 이 책에 모았다.

내가 주방 노동을 하기 전에는 다른 사람들의 노동과 도움으로 먹고살았다. 감사할 일이다. 그런데 감사하는 마음을 오랜 시간 잊고 지냈다. 아직 늦지 않았다.

내가 음식을 만들 수 있도록 재료를 만들어주고 옮겨주는 농부, 어부, 식음료 회사 직원들, 마트와 슈퍼마켓 직원들, 그리고 나에게 먹을 것을 주었던 식당의 모든 종사자들에게 감사의 마음을 전한다. 아울러 이 책이 나올 수 있게 애써준 모든 이들에게도 고마운 마음을 표한다.

오늘 저녁에는 감자를 쪄서 으깨 먹어야겠다. 맥주도 한 잔 곁들여야겠다. 먹고, 그리고 살다 보면 코로나19 없는 세상도 오겠지.

남편이 해주는 밥이 제일 맛있다

초판 1쇄 발행 | 2021년 8월 5일

지은이 　박승준
그림 　강승연
책임편집 박혜련
디자인 　MALLYBOOK 최윤선, 정효진
제작 　공간

펴낸이 　박혜련
펴낸곳 　도서출판 오르골
등록 　2016년 5월 4일(제2016-000131호)
주소 　서울시 마포구 월드컵북로54길 17, 711호
팩스 　070-4129-1322
이메일 　orgelbooks@naver.com
블로그 　blog.naver.com/orgelbooks

이 도서는 한국출판문화산업진흥원의 '2021년 우수출판콘텐츠 제작 지원' 사업 선정작입니다.